U0454967

本色文丛·柳鸣九　主编

散文季节

——赵园散文精选

赵　园／著

海天出版社（中国·深圳）

图书在版编目（CIP）数据

散文季节：赵园散文精选 / 赵园著.
—深圳：海天出版社，2016.6
（本色文丛）
ISBN 978-7-5507-1582-0

Ⅰ.①散… Ⅱ.①赵… Ⅲ.①散文集—中国—当代
Ⅳ.①I267

中国版本图书馆CIP数据核字(2016)第057593号

散文季节
SANWEN JIJIE

深圳出版发行集团
海天出版社

出 品 人　聂雄前
责任编辑　林星海
责任技编　蔡梅琴
装帧设计　深圳斯迈德设计
Smart 0755-83144228

出版发行　海天出版社
地　　址　深圳市彩田南路海天大厦（518033）
网　　址　www.htph.com.cn
订购电话　0755-83460293（批发）0755-83460397（邮购）
印　　刷　深圳市新联美术印刷有限公司
开　　本　787mm×1092mm　1/32
印　　张　9.75
字　　数　160千
版　　次　2016年6月第1版
印　　次　2016年6月第1次
定　　价　35.00元

赵园，1945年出生于兰州，河南尉氏人。中国社会科学院文学研究所研究员。主要研究领域为中国现、当代文学，明末清初思想文化。

著有《艰难的选择》《论小说十家》《北京：城与人》《地之子》《明清之际士大夫研究》《易堂寻踪——关于明清之际一个士人群体的叙述》《制度·言论·心态——〈明清之际士大夫研究〉续编》《想象与叙述》等。

《明清之际士大夫研究》获"长江读书奖"专家著作奖，《想象与叙述》获第五届鲁迅文学奖理论评论奖。

于学术研究之余，从事散文写作。出版有散文、随笔集《独语》《窗下》《红之羽》《世事苍茫》等。

总序一

深圳市海天出版社似乎颇有点"散文随笔情结",前些年,他们请季羡林先生主编了一套"当代中国散文八大家"丛书,效果甚好。于是,他们再接再厉,又策划出新的书系"世界散文八大家"。可惜此时季老先生已经仙逝,他们只好退而求其次,请柳某出面张罗。此"世界散文八大家",召集实不易,漂洋过海,总算陆续抵岸。接着,海天出版社又策划了一套新的文丛,以现今健在的著名文化人的散文随笔为内容。大概是因为柳某与海天出版社有过愉快的合作,自己也常写点散文随笔,又身居"人杰地灵"的北京,便于"以文会友",于是,他们又要柳某出面张罗。这便是这套书系产生的来由。

什么是散文随笔?前几年,一位被尊为大师的权威人士曾斩钉截铁地谓之为"写身边琐事"。我曾努力去领悟其要义,但就自己有限的文化见识,总觉得这个定义似乎不大靠谱。就"身边"而言,散文随笔的确多写与自己有关的人或事,但远离自己的人与事入文而成经典散文者实不胜枚举;就"琐事"而言,散文随笔写人写事的确讲究具体而入微，见微知著，以小见大。但以经国大业、社稷宏观、高妙艺文、深奥哲理为内容的名篇也常见于史册。不难看出，对于散文随笔而言，"题材不是问题"，任何事物皆可入散文，凡心智所能触及的范围与对象，无一不可成就散文也。故此，窃以为个人心智倒是散文的核心成分。

那么，究竟何谓散文呢？散文的基本要素究竟是什么呢？如果用定义式的语言来说，散文就是自我心智以比较坦直的方式呈现于一定的语言文学形式中。而自我心智者，或为较隽永深刻的自我知性，或为较深切真挚的自我感情。说白了，如果是思想见解，当非人云亦云，而多少要有点独特性，多少要有点嚼头与回味；如果是情感心绪，那就必须是真实的、自然的、本色的、率性的，而要少一些矫饰，少一些虚假，少一些夸张。是的，尽可能少一些，如果不能完全杜绝的话。诗歌中常有的那种提升的、强化的、扩大的感情似乎不宜入散文，还是让它得其所哉，待在诗歌里吧。

至于"一定的语言文学形式"，不外意味着两点，一是非韵文的，这是散文有别于诗歌的最明显的标志；二是要有一定的修饰技巧，一定的艺术化，这则是散文随笔不同于公文告示、法律条文、科普说明以及各种"大白话"的重要标志。

这便是我所理解的散文随笔。我在自己的学术专业之外也经常写一些散文随笔，就是按照自己以上的理解来"炮制"的。今天，我被委以主编重任，也是按照自己以上的理解来操作的。至于我在自己的散文随笔中是否完全实践了自己的理念，是否达到自己的理念，在这次主编工作中是否有不合理、不人情的要求与安排，那就很难说了。呜呼，知与行的脱节与矛盾，人的永恒悲剧也。

出版社在策划这个书系的时候，规定约稿对象为当今的文化名家。当今的文化名家种类何其多也：有在荧屏上煽情与讲道的主持人，有靠摆 pose 与哭功而大富特富的影视大腕，有靠搞笑与搞怪出位的演艺奇才……人人都在写散文随笔，这大有成为当今散文随笔的主旋律之势。但按我个人的理解，这里所讲的文化名家不外是两种人，即具有作家文笔的著名学者与具有学者底蕴的著名作家，这两者的所长正是我对何为散文理解中所谓的"心智"这一大成分。

由于我自己的圈子所限，第一辑的约稿对象全是上述的第一种人，即具有作家文笔的著名学者，而且基本上都是弄西学的学者或游学国外多年的学者，多散发出一点"洋味"的人。

学者写散文似乎有点"不务正业"，有点越界，侵入了文学家地盘。但对于学者来说，特别是对人文学者来说，却完全是兴之所至，是一种必然。他本来就有人文关怀、人文视角、人文感情，这种心智状态、心智功能，一触及世间万物，就莫不碰撞出火花。只要有一点舞文弄墨的兴趣、冲动与技能，自然而然就会产生出有点意思的散文随笔了。虽说舞文弄墨也是一种专门技能，需要培养与操练，但对于弄西学的人文学者来说，整天在世界文库里打滚，耳濡目染，这点技能是可以无师自通的。况且，人文学者于散文创作更有自己的优势，毕竟，他的知性是向全人类精神文化领域敞开的，他的目光是向全世界各种事物投射的。其散文随笔的题材，自是更为丰富多样，投射观察的目光自是更为开阔高远。而得益于世界各种精神文化的滋养，其可调配的颜色自是更为丰富多彩。说不定，也许我们这个时代有意思的散文随笔正是出自学者笔下呢，学者散文实不容当代文学史家忽视也……

所以，我有理由相信，这一套"本色文丛"多多少少会给文化读者带来一点不一样的感觉。

柳鸣九

2012年5月于北京

总序二

    "本色文丛"的缘起，我已经在前序中做了说明。只不过，在受托张罗此事的当时，我只把它当作一笔"一次性的小额订单"：仅此一辑，八种书而已，并无任何后续的念头与扩展膨胀的规划。于是，就近在本学界里找了几位对散文随笔写作颇感兴趣、颇有积累的友人，组成了文丛第一辑共八种。出版后不久，我正沉浸在终结了一项劳务后的愉悦感之际，海天社出我意料地又提出了新的要求：要柳某把"本色文丛"继续搞下去，而且不排除"做到一定规模"的可能……看来，我最初的感觉没有错：海天社确有散文情结，不是系于一般散文的"情结"，而是系于"文化散文"的情结。而且，也不仅仅于此一点点"情结"，而是一种意愿，一种志趣，一种谋划，一种努力的方向，一种执着的决断。

    果然，最近我从海天社那里得到确认，他们要在深圳这块物质财富生产的宝地上，营造出更多的郁郁葱葱的人文绿意，这是海天社近年来特别致力的目标。

    在物欲横流、急功近利、浮躁成性、人文精神滑落、正能量价值观有时也不免被侧目不顾的社会环境中，在低俗文化、恶俗文化、恶搞文化、各种色调的（纯白的、大红色的、金黄色的）作秀文化大行于道、满天飞舞的时尚中，在书店一片倒闭声中，有一家出版社以人文文化积累为目的，颇愿下大力气，从推出"世界散文八大家"丛书再进而打造一套"本色文丛"，这种见识、这份执着、这份勇气是格外令人瞩目的。

海天出版社要的文化散文，不言而喻，即文化人的精神文化产品。关于文化人，我在前序中有过这样的理解：主要是指有作家文笔的学者与有学者底蕴的作家。如果说"本色文丛"第一辑的作者，基本上是前一种人，第二辑则基本上都是第二种人。这样，"本色文丛"总算齐备了文化散文的两种基本的作者类型，有了自己的两个主要的基石，形成了一个初步的平台。

不论这两种类别的人有哪些差别，但都是以关注社会的人文状况与人文课题为业。其不同于以经济民生、科技工艺、权谋为政、运营操作为业者，也不同于穿着文化彩色衣装而在时尚娱乐潮流中的弄潮者，也可以说，这两种人甚至是以关注人文状况与人文课题为生，以靠充当"精神苦役"（巴尔扎克语）出卖气力为生，即俗称的"爬格子者"。他们远离社会权位和财富利益的持有与分配，其存在状态中也较少地掺着权谋与物质利益的杂质，因而其对社会、人生、人文，对自我、对人生价值也就可能有更为广泛，更为深刻，更为真挚的认知、感受与思考。

在时下这个物质功利主义张扬、人文精神滑落的时代环境中，且提供一些真实的，不掺杂土与沙子的人文感受、人文思考，为我们这个时代留下一份份真情实感的记录，留下一段段心灵原本的感受，留下一幅幅人文人生的掠影，这便是"本色文丛"所希望做到的。

柳鸣九
2014年1月于北京

总序三

存在决定本质。

本质不是先验的，不是命定的，而是创造出来的，是发展出来的，是作出来的，做出来的，是自我选择的结果，是自我突破与自我超越的结果。对于一个人的发展是如此，对于"本色文丛"何尝不是如此。

"本色文丛"已经有了三辑的历史，参加三次雅聚的已有二十四位才智之士。本着共同的写作理念，各献一册，异彩纷呈，因人而异，一道人文风景已小成气候。而创建者海天出版社则面对商品经济大潮、低俗文化、功利文化与浮躁庸俗风气的包围，仍"我自岿然不动"地守望人文，坚持不懈。合作双方相得益彰，终使"本色文丛"开始显露了自己的若干本色。最为明显的事实是，参加本"文丛"雅聚的终归就是两种人——即具有作家文笔的学者与具有学者底蕴的作家。这构成了"本色文丛"最主要的本色。以学者而言，散文本非学者的本业，对散文写作有兴趣而又长于文笔、乐于追求文采者实为数甚少；以作家而言，中国作协虽号称数十万成员，真正被读书界认为有学者底蕴、厚实学养、广博学识者，似乎寂寂寥寥。"本色文丛"所倚仗的虽有这两种人，但两者加在一起，在爬格子的行业中也不过是"小众"，形成不了一支"人马"，倒有点elites（精英）的味道了。这是中国文化昌盛、文学繁荣的正常表征，还是反映出文化、文学现状的底气不充足、精神不厚实，我一时还不好说。

实事求是地说，我个人在"本色文丛"中的"潜倾向"是更多地寄希望于"有作家文笔的学者"，这首先与我职业的限定性与人脉的局限性有关。我供职于学术研究单位，本人就是学林中的一分子，活动在学者之中较为便利，较为得心应手；而于作家界，我是游离的、脱节的，虽然我也是资深的作家协会会员，是两届作家代表大会的代表。但更为重要的是我对散文随笔的认识（或者说是"偏见"）所致，在我看来，散文随笔这个领域本来更多的是学者的、智者的、思想者的天地。君不见散文随笔的早期阶段，哪一位开拓了这片天地的大师不都是这一类的人物？英国的培根、法国的蒙田、美国的爱默生……也许，因为散文随笔的写作相对比较简易、便捷，不像小说、诗歌、戏剧那般需要较复杂的艺术构思，对于笔力雄健、下笔神速而又富有学养的作家而言，似乎只是"小菜一碟"，于是，作家中有不少人也在散文随笔方面建树甚丰，如雨果、海涅、屠格涅夫以及后来的马尔罗、萨特、加缪等。马尔罗是先有小说名著，后有散文巨著《反回忆录》；萨特与加缪，则一开始就是小说、戏剧创作与散文写作左右开弓的。不管怎样，主要致力于形象创造的作家，如果没有学者的充沛学养、丰富的学识，没有哲人、思想者的深邃，在散文随笔领域里是写不出一片灿烂风光的。

以文会友之聚的参加者是什么样的人，自然就带来什么样的文，自然就带来什么样的文气、文脉、文风、文品，甚至文种。"本色文丛"的参与者，不论是有作家文笔的学者，还是有学者底蕴的作家，其核心的特质都是智者，都是学人，都是真正意义上的文化人。而不是写家、写手，更不是出自其他行当，偶尔涉足艺文，前来舞文弄墨、附庸风雅一番的时尚达人。因而，他们带来的文集，总特具知性、总闪烁着智慧、总富含学识、总散发出一定的情趣韵味。如果要说"本色文丛"中的文有什么特色的话，我想，这大概可以算吧！对此，我不妨简称为学者散文、知性散文。我把"学者"二字作为一种散文的标记、"徽号"，并没有哄抬学者，更没有贬低作家的意图与用意。以"学者"来称呼一个作家，或强调一个作家身上的学者的一面，绝非贬低，而是尊敬。刘心武先生在他的自我简介中，干脆就把自己的学者头衔置于他的作家头衔之前，可见他对自己的学者身份的重视。我想，这是因为他从自己的"红学"研究里，深知"学"之可贵、"学"之不易。我且不说"学"对于人的修养、视野、深度、格调的重要意义，即使只对狭义的具体的写作而言，其意义、作用也是不可估量的。

学者散文的本质特征何在？其内核究竟是什么？其实，学者散文的内核就是一个"学"字，由"学"而派生出其他一系列的特质与元素。有了"学"，才有见识，才有视野，才有广度，才有大气；有了"学"，才有思想闪光，才有思想结晶，才有思想深度，才有思想力度；有了"学"，才有情趣，才有风度，才有雅致，才有韵味。从理论逻辑上来说，学者散文理当具有这些特质、优点、风致，至于实际具有量为多少，程度有多高，是因人而异的。其取决于每个人不同的经历、学历、学养、学科背景、知识结构、悟性、通感、吸收力、化解力、融合力等主观条件。

就人的阅读活动而言，不论是有意地还是无心地去读某一部、某一篇作品，总带有一定的需求与预期，总是为追求一定的愉悦感与审美乐趣才去读或者才读得下去的。如果要追求韵律之美、吟哦之乐，以及灵魂与主观精神的酣畅飞扬，那就会去找诗歌；如果要观赏社会生活的形象图景、分享人物命运际遇的悲欢苦乐，那就会去找小说与戏剧。那么，如果读的是散文随笔，那又是带着什么需要、什么预期呢？散文随笔既不能提供韵律之美、吟哦之乐，也不能提供现实画卷的赏鉴之趣，它靠什么来支付读者的阅读欣赏的需求？它形式如此简易，篇幅如此有限，空间如此狭小，看来，它只有靠灵光的一闪现、智慧的一点拨、学识的一启迪了。如果没有学识、智慧与灵光，散文随笔则味同嚼蜡矣，即使辞藻铺陈、文字华美。而学识、智慧与灵光，则本应是学者的本质特征与精神优势。因此，在散文随笔天地里，自然要寄希望于学者散文，自然要寄希望于学者写散文，自然要寄希望于多多展示弘扬学者散文了。

这便是"本色文丛"的初衷、"本色文丛"的"图谋"、"本色文丛"的宿愿，而这，在物欲横流、人文滑坡、风尚低俗、人心浮躁的现实生活里，未尝不是一股清风、一剂清醒剂。

柳鸣九

2015年9月8日于北京

辑二 行 旅

辑三　记　人

辑四　暮　年

自　序

　　到了回首平生、整理旧作的年纪。几十年间所写数量有限的散文随笔，已用了不同方式重新结集。不同于他集的是，收入本集的，大多是较为严格意义上的"散文"。此次选编时才注意到，这些散文较为集中地，写于 20 世纪之末、21 世纪之初。看来那似乎是我的"散文季节"。这样说也嫌勉强，因为正当其时，正在写作《明清之际士大夫研究》，证明了散文写作与学术考察本不相妨，或许竟还相成——同样赖于写作者的生存状态。

　　人生固有"季节"，人生的季节与写作季节却未见得重合。上文所说我的"散文季节"，思想与感觉之活跃，过了那段时间即难以再现。至于本书中征引较多的若干篇随笔，则写在那季节之后。

　　本集所收诸篇，取自已出版的几种随笔集《独语》《红之羽》与《世事苍茫》。亦有未收入上述诸集者。不依写作时间而以所写内容排序，或更可见出所谓的"人生轨迹"。当然，也只是其中的若干点"印迹"而已。

　　将记人记事的散文结为一集，借用了鲁迅的说法，亦修一座小小的"坟";掩在其中的特定岁月的情感与思绪,是曾经活过、曾经这样活过的一份证明,也或多或少地映照了"时代"。由此而言,编这本小书还是有一点意义的吧。

辑一 往事

乡土

一

那片沙土地甚至从未入过我的梦——中州腹地的那一大片沙土。但我知道那是我血缘所系的一片沙，知道那沙的金黄，那沙上的枣树，枣树下田垅中的花生，也想象过夏日里如霜如霰的枣花，秋天村外东岗一丘丘的沙上家家晒枣、家园后场上女人们群聚剥花生的热闹。

我未曾梦到过那一片沙土，却熟悉沙。豫南那条浉河岸上的沙，开封城外直堆上城头的沙，春日或冬日，卷过中原城市，落在你发间、衣服皱襞里的沙。那条挟着泥沙的最稠浊的大河，由我的童年、少年岁月中流过时，留下的也是一层层的沙。还记得童年时，在四叔任教的大学附近一个大沙丘上，曾颈上吊着花环，收不住脚狂奔而下，一头栽进沙窝里，让姊妹们笑出了眼泪。

我试图搜索这家族历史的杳远与深邃，却一无所获。这家族的历史传说太"大路"了：榆林赵村的赵姓，是打山西

· 4 ·

洪洞县迁徙而来的——那洪洞县大槐树的传说流传太广，竟如民族起源的神话那样，将无数家族故事覆盖了！

父亲说，他童年时的那片沙土并不干旱。正如寻常村落，村西有河，有荷塘，村中有水很旺的井。秋雨连绵的日子，村东岗以西的路旁，甚至到处可见汩汩吐水的"翻眼泉"。我于是像听到了水声，见到了小河近岸处的芦苇，觉到了水面上的沁凉。有水就有人聚，有了榆林赵这聚族而居的大村落；有了村东的"老坟"和村南的"小坟"，坟地上阴气森森的柏树与藤萝；有了庄稼，麦子、高粱，有了地头的西瓜与豆子，和供家中女人纺线织布的棉花。

隔着深而又长的岁月，我看到了那院落，看到了那第二进院呈"品"字状紧紧挤在一处的三座楼。那相互遮蔽的楼，也相互倾听，其挨在一起定有几分紧张。那楼中即使白日里也必是昏暗的，洞开的门内可闻窃窃的低语。我还能看到父亲度过童年的那座东楼，薄薄的楼板上，堆放着晒干的花生。入夜，这品字状的三座楼里，铁铸的灯盏中的灯草，各各在窗纸上涂抹出一小片昏黄。前院则听得伙计们蹲成一圈呼呼噜噜喝汤的声音，清脆的咔痰声，棚中的牲口不安的蹄声和"大板"①低声的吆喝。

---

① "大板"，喂牲口兼任车把式。

　　或许正当这时，本村出身的土匪头儿锁妞①大步走进了院子，随手将马拴在桩上，伙计们仍自顾自低头喝他们的汤。暗中有人含糊不清地打了个招呼，听得锁妞那漫不经心的回答。这应当是这块土匪出没的沙土地上最寻常的风景。但我想，那些锁妞们，必使这乡间的空气饱含了血腥，而不安也就在血腥的空气中传递。

　　这静夜里自然在演出着种种故事。其中就可能有如下的一幕：有土匪将说书场上一个精壮的年轻人叫出来，就在村头一枪撂倒了他。父亲说，那是因了家族中一个女性长辈垂青于这伙计，而家中有男性长辈告知土匪，说常常看到那年轻人磨刀……父亲讲述时，仰在沙发上，语气平淡，以至听起来很像个纯粹杜撰的故事。坐在他对面，我也只是漠然地想着，那说书场上的乡民得知了这一幕，会不会若无其事地将那书听下去的？多半会的吧。

　　据此很可以敷衍一个凄艳的故事。但在我的想象中，那沙土地上的风流故事也是干燥的。那土地只宜于生长粗陋的情欲，不大像是会滋养柔腻的风情。

　　父亲的父亲之死，竟也有类似的暧昧气味。据说他死于他所部民团中团丁的黑枪。那人是门上（即村中近邻）一家

────────
① 当时家乡的成年男子的名字后多缀一"妞"字，如群妞、全妞等。

的女婿，我的风流倜傥的爷爷，可能和他婚娶前的老婆有过一点什么。父亲也说不清这"一点什么"是什么，他说，或许只是"调戏"之类。这故事听来也有一种干巴巴的味道。父亲得知上述情节，必是在他父亲故去一些日子之后。也许当时就只是传闻与猜测，无从查证。我倒是更关心其间必有的告发，以及家族中人神情诡秘的谈论，尤其是否有过某种策动、谋划。然而事情也很可能是：那邻人家的女婿出去暂避了一时，村子则照旧生活下去。虽然这像是不大合理。爷爷毕竟是负有地方守御之责的体面的绅士！

父亲的这一类讲述，都略去了故事的舆论环境。或许那乡村舆论，是一个早年即出外求学的过于正经的少年难以知晓的。我却隔着时间，听到了一派私语，灶下，井边，墙根处，如小鼠的营作，窸窸窣窣，切切喳喳。而当切切喳喳声渐消，事件即更形模糊，那个年轻壮硕的躯体已化成虫沙，乡村人生则继续着大混沌。但沙土下毕竟有过故事，与埋在沙下的身体一起埋着的故事。

这家族与土匪的缘，到此也还没有尽。我的一个爷爷（父亲的三叔），终于死于土匪的劫杀，甚至尸首也无着落。那事发生在1937年冬。

我20世纪六七十年代之交插队的地方，也曾是土匪出没之地，村里残留着寨墙和寨沟。由村子去公社，可见当年土匪的炮楼，赫然矗在一马平川上。也有人指给我看村里的前土匪，那不过是个干瘪的老头子，全然看不出匪相。我家乡沙土地上的土匪，在我的想象中，是十足世俗化的，嗅不出任何荒野气息。那漫不经心的破坏，只为那片沙土染了点血污。中原民风，似与"雄强""犷悍"无缘。土匪只是使生活原始，原始得粗鄙。据父母说，我被带回那片沙土地，已是1949年夏，我4岁。那也是我唯一的一次与乡土亲近。那之前父母带着一群子女，已由西北辗转返回了中原。乡间几天的停留，在我的记忆中了无痕迹。那些长辈陌生的脸，那些庄稼汉粗糙的手，一定使我惊惧过。我不能确知是否这样。但在我最早的记忆碎片中，却有着夏日的庄稼地，汽油味掺和在庄稼的气味中。这掺和着汽油味的庄稼地的气味，成了我"怀旧"的永远的诱因。

二

场院边上那所私塾改良学校，开设了"历史启蒙""地理启蒙""国文""修身"一类课程的，该是这块沙土地上最显眼的时代标记的吧。据父亲说，那是四间茅屋，只因粉刷之后，搭了顶棚，吊起了带罩的洋油灯，竟让村民眼界大开，说是"金銮殿一样"。这间小学是我爷爷的作品。爷爷，那个上过民国初年县办的"高等学堂"，读过"格致""算学"的新派绅士，是这沙土地上的漂亮人物。我能想象，当这位县教育局视学员身着黑提花缎子马褂、银灰提花缎子长袍，与他的同事乘马轿车来自己

父亲1935年在河南大学读书时

手创的学校视察时，村民尤其我的家族的兴奋与荣耀。

在这块沙土地上先开风气的爷爷，一定不曾料到，他的儿子们，竟就由这所他创办的新式学堂，走到了县城、省城，又走到了"革命"。这乡村绅士也绝不会料到，若干年后，当他在平息地方叛乱中受了枪伤，临终之际竟见不到他的长子：他尚未读完初中的长子、我的父亲正在不远的城市漂流，因做地下工作而行踪不定。

无论他对儿子的选择作何感想，儿子们的血管中，都流着他的血，那不安分的男人的血。虽则他们不曾像他那样，衣着考究地奔走于省会与地方头面人物之间，竞选省议员，也不曾徒劳地投资开矿，或收编土匪。我的父亲不记得爷爷对他有任何干涉，只听说那人在临终前的痛楚中，反复念叨着他，说"恒现在在哪儿呢"？

爷爷当然也不会想到，几十年后，他的儿子中唯一如他一样风流倜傥的那个，就死在他埋骨的沙土地上，死得毫无诗意。这父子均可作为良好资禀易为造物所憎、被命运苛待的例子。我的四叔是因"历史问题"而被从大学教席驱赶到街道，又被由城市驱赶到家乡，在他栖身的庵中服农药而死的。其时正是"文革"中。致他们于死的，就有这同一片土地上的暴戾之气。

我最后一次见到四叔，是五六十年代之交。那天他带了女儿，捂着个大口罩，与父亲在另一间屋子压低了声音交谈。父亲没有让我们过去见他，我们也不曾想到这样做，虽然他对于我们，曾经是风度翩翩且善诙谐的四叔。父亲始终接济着他落难的弟兄，却绝对避免他的子女与那些长辈间的接触。直到年长之后，我才能懂得父亲保全这个家的良苦用心。那时的我，自然不可能由如此谨慎的父亲那里，看出早

1935年父亲与好友周震中在河南大学东三斋

年那个热血青年，那个以十几岁的年龄即从事地下活动，独自在异地漂泊、经受酷刑、领略"铁窗风味"的父亲，那个在大学校园以左翼学生而与右翼对垒的父亲，那个在县中校长任上，悬挂毛、周（当然还有蒋）的画像，以武汉《新华日报》为国文教材的父亲，那个将手枪拍在县党部头头面前，斥责他不武装民众抗日的父亲。打从我记事，父亲已是这样恂恂如村夫子的父亲了。我只是由他批评某种弊政时以掌击案以至声泪俱下的姿势，依稀辨认出当年的父亲。

一些年之后，我见到四叔在延安拍的照片，和我的一个姑姑、另一个叔叔一起。据父亲说，他的四弟不到16岁，就已有了坐牢的经验。那照片上的四叔两手叉腰，英气勃勃。由这个英俊少年，到那个瑟缩于庄稼地里的书生，中间的路几乎无从测算。在那不蔽风雨的破庵里，倘若四叔想到当他被指控、被宣判时，那些曾被他庇护过的人们的意味深长的缄默，他是否仍会迷惘而寒栗的？或者他早已对苍茫人事一派漠然。我还禁不住要猜测，倘若静夜里，游荡在田垄间的四叔与他的父亲相遇，他们将说些什么。那死于枪伤的父亲，与他的死于农药的儿子，多半会相对无言的吧。

　　我自不曾见到临终时的四叔，却从他的儿子脸上，读出了粗粝的沙石打磨的痕迹——那本应是一张如他盛年的父亲一样光润的脸。在北大读研究生时，堂弟曾到宿舍找我，我们有绕未名湖的长谈。当时"文革"刚过，血色尚新，余痛犹在。对着那片湖水，不禁怅然久之。

　　父亲似乎没有想到过他的性情中的家族遗传，也不曾解释他的弟弟们以至其他亲戚得之于他的影响。这种影响的传递，在家族成员中，几乎是无迹可循的。但那些弟弟们，竟一个接一个地由家乡走了出去，走到晋西南，走到延安，有的就如此地走到了解放战争的战场、朝鲜战场，也有的走了一程，又折转回来，在此后的路途中颠踬，终于死于非命，如我的四叔。也有一两位，走出之后，渐渐消失了踪迹。其中就有我的大姑父和一个表叔。家乡收到的大姑父最后的消息，是由江西发出的，当时正是红区反围剿中。父亲说，一个操着北方口音的人，在那地方，终究无从隐匿的吧。于是我想到了暗室中无名的死——甚至无"烈士"之名，想到了那死者最后的寂寞。在幽明之交，大姑父是否想到过我的姑姑、他年轻的妻子此后漫长的寡居，和他的与父亲未有过一面的儿子呢？

当然他们所有的人也都不会想到，一些年后会有戏仿的"革命"，如"文革"，终于将庄严化为对庄严的戏弄。然而即使这戏仿的"革命"，在我看来也只是弄破了革命之为神话。我不相信父辈当年有明晰的理念，"革命"在他们，首先是一种生存形式，是生命借以自我肯定的形式。他们乐于体验有限个人与某种"广大"相融汇的感觉，那种唯爱欲可比拟的对生命的诗意感受。他们为此而遭遇了残酷与血腥，经历了噬人与被噬。"文革"不过将上述种种，以夸张的形式重演罢了。即使经历了那疯狂的年代，我也仍然厌恶于随时准备着将鼻梁涂白的"反思"，厌恶于那永不吝于"向过去告别"的轻浮，尤其不能忍受对历史、对前辈选择的轻薄的嘲弄。在我看来，那是对生命的亵渎，对他人生命的轻薄。那一代人毕竟经

1938年三叔、四叔、二姑在延安

由"革命",寻找过人生之"重"。即使在理念的外壳被抛弃之后,甚至在"污秽与血"毕见之后,仍有这"重"在。

或许受了那条我在其边上长大的稠浊的河的暗示,我总不能摆脱那个可疑的字眼——"历史"。虽无意寻访,但我知道家乡的那片沙土地上,有过一道灼热的生命之流。"家族遗传"自然是神秘且无徵的东西,我却仍忍不住要以此诠释自己,比如对动荡、对变动的渴望。当激情的潜流已在岁月中平复,这代际所悬的那一线,反而像是变得清晰可见了。

十几年前的一夜,我独自看一部现代革命史题材的大型文献片,那天播出的,是有关大革命的一集。屏幕上映出一张张年轻而俊秀的脸。我突然流泪,然后失声恸哭。我久已不曾这样出声地哭了。我在潮水般的乐声中大声地抽噎着，让泪水淌了一脸。这突如其来的激情，事后甚至令我自己惘然。我何尝真了解自己？

三

我想，我父亲的爷爷，这大村落首户的男性长辈，手持长杆烟袋，将自己与祖宗牌位一起供着的老人，该是家族中也是村子里最孤独的人吧。父亲在他的回忆文字中，曾写道这老家长的威严："他大部分时间坐在前院客屋里，家里家外出入的人都逃不脱他的眼睛。一有人经过，他总咳嗽一声，表示他注意到了。母亲她们没有特殊理由，是不便出入的。我们儿童常常像老鼠躲猫一样，探头看看又缩回去……"孤独，也是所有家长的命运，是长者尊严的代价。这老人决非像他自以为的那样，是乡村智者。这家族中没有智者。除有数的几个例外（其中就应当有我爷爷和四叔），照片及我所见到的长辈，无不有得自遗传的诚悫的脸相，相貌资禀均像是不逾中材。我这一辈则更其庸下，尤其不复有前辈年轻时的意气。倘若那老人由幽暗的时间深处看过来，不免要感慨系之的吧。那老人或许是家族中最属于这块土地的人物。他的儿子辈已不安于乡土，孙辈更像是为了出走而到这土地上来的。我最感兴趣的，是这严厉的家长怎样看他那些不安分的孙子们。听表叔说，当我的三叔处境危险时，这老人亲自将孙子交给女儿（我的姑奶），并对女婿厉声说，如若出了差错，就找他要人。父亲则说，他曾试图向他的爷爷解释；但老人对他及他的兄弟们的事不干预，并非因了他那些不大像样的道理，只是由于亲情。

我曾一再问过父亲，那大家族中的各房，对于他、长房长子的行为，是否有一致的评价；即使不为家族的安全考虑，他们对陌生人川流不息地光顾，也应当感到厌烦的吧。至少父亲没有这类印象。他所记得的，是乡民式的淳厚朴素，和乡土所给予的天然的安全感。当然这乡村地主家庭的忠厚的长辈，决不会想到自己正属于孙辈和那些陌生人所意欲推翻的阶级，他们只是恪尽他们的待客之道而已。很可能，有客人进出，反而满足了乡民式的虚荣心？然而事后看来毕竟有点讽刺，甚至令人感到某种残酷意味。

那老家长，显然有某种未必明晰的野心，否则就无法解释这奉朱子治家格言为圭臬，自奉甚俭的老人，对儿子的竞选省议员，不惜倾其所有。至于长孙，或许竟让他有几分敬畏：他未曾得过功名而又敬重才学，自不难私下里认可那个读过大学、任了堂堂县中校长的年轻人的权威性。

所幸这庄稼院中的老人死于1948年，当时他的孙辈已出走殆尽。几年后他的儿子中仅余的一个，即被"翻身农民"押上了土地改革的审判台，作为"恶霸地主"为一族偿债。而他的这个儿子，不久前还赶着大车，深夜护送过地下工作者。讽刺还不止于此。这被迫为其族人还债的二掌柜，是这"新发户"中唯一长年从事田间劳动的人物。他一年里有三季赤膊穿一件棉袄，与伙计们在庄稼活上争强斗胜。颇有几分傻气的父亲的二叔，我的二爷，其有限的智力自不足以应付上述剧情的转换。据父亲说，风暴过后他见到二爷时，那老汉说的第一句话是："我这是显魂来了！"他或许对他为之效力过的人们心怀怨恨，其实他们确也爱莫能助。就在他护送他们时，他已被选中了为那个地主之家背十字架。他的命运早已经注定了。

还应当说，四叔及二爷在家乡的死，未必比之这沙土地上其他的死更凄惨。"历史"岂不就凭借了这生生死死而运行？

留在乡间的女人们，土改中被从家宅中逐出，赶到东园。风暴过后，陆续迁入城市，依子女过活。在二爷与四叔于"文革"中死去之后，家族终于四散，如纷扬的沙。近数十年改良土壤，那黄沙也应无存吧。沙土地上的饮食男女、生死轮回，以及沙土中的故事，不消说久已湮没在岁月里。我发现父亲对此并无惋惜。不止父亲，母亲也不大有对乡土的眷恋。作为被"五四"哺乳过的一代，他们似乎早已体认了"漂泊"之为"知识者"的命运。只是每当秋熟过后，窗下叫卖"枣花蜜"的乡音，仍像是叫人怦然心动。我猜想，此时的父亲，眼前当恍惚有那片如霜如霰的枣花的吧。

四

在父亲的叙述中，母亲走进这家族，像是并没有引起戏剧性的反应。这家族的态度，十足有农民式的朴素。一个有知识且"在外边干事"的女人，甚至赢得了一家之长的尊敬。父亲的回忆文字写到母亲曾因儿子的病，不得不辞去工作在老家暂住。"孩子病愈后，祖父就催着妻去工作。妻一直以为祖父太冷酷。我则认为那是出于他的虚荣心：他将在外边工作视为荣耀，而非将在家吃闲饭看作负担。"

但我仍不相信事情会是如此的简明。

我不便想象当母亲出现在老家那些女人面前时，能否毫无倨傲之色。较之那些从未走出过那片土的女人们，她实在是太不可思议了。她所阅历的，哪怕只是一点点，也足以令她们惊倒。她不可能向她们讲述自己，比如讲述她怎样只身走出她出生的小县城，以半工半读，完成了师范的学业；她怎样在前夫被国民党枪杀后强作镇静，那时他们已有一个女儿；她怎样坐牢；她怎样在与这家族的男性结婚后，一再离了丈夫，到外地外省做示范性教学；怎样携儿子骑骡子过关山，

20世纪30年代中期的母亲

由中原逶迤赴西北与丈夫团聚……

我宁愿相信那整个村子都在盯着她的背影窃窃私语，在厨下灶火边，在井边河边。评论者会说到她的瘦削，她比丈夫年长，她的教员的职业神气。她们少不了将她与我父亲早已亡故的妻子比较，含意隐晦地夸说那女子的美貌，感叹她的薄命。我的母亲未必不曾察知那种微妙的敌意，但这一定不会让她过分在意。她是个自信的女人。她压根儿不会将自己与她们比较——包括那个据说漂亮的女子。她知道她与她

20世纪30年代母亲在开封寓所前

们是不可比的。她也绝对无须嫉妒那女子的美貌，她知道赢得了丈夫的一往情深、体验了婚姻的成功的，是她。如果她更大度一些，她或许会怜悯那女子。那时的丈夫还是个"热血青年"，为政治与左翼文学所吸引，无暇爱抚他志趣不同的妻子，也无力将他的妻子拖进他的世界，使她分享他的热情与向往。

在我的想象中，母亲不属于任何意义上的乡土。她拖儿带女，在卡车、长途汽车上，在江轮上，在骡子背上，在火车的车厢顶上，证明着自己生来就是个惯于漂泊的女人。她从不惮于只身远行，而且当决定时毫无游移，如同决定去一趟附近的集市。这一切宛如天性。且每在一处，就创出一份自己的事业。父亲说，什么事也没难住过她。他说，当最初与母亲相遇时，她令他倾心的，就有这独立不惧的气概。母亲自己的陈述要乏味得多：小学教员的方式，将一切都标准化了。只有一次，她说到她如何面对前夫之死，使我感到了些微震撼。她说，当时她正在师范读书，校方有意将刊有她丈夫被捕与被枪杀消息的报纸贴在阅报栏上。我相信她站在阅报栏前，那眼神确如她自己所说的那样冰冷甚至傲然。她说，我不给他们看到软弱。但我后来又问起这件事，已不再能听到同样生动的讲述。

我为她打印的那一本"顺口溜"中，只有写坐牢的一首略有新诗意味：

牢房里除了乱草一堆，

一条破旧的棉被，

只有一只肥胖的蜘蛛，

不声不响，

日日夜夜做我的伴侣。

我有千言万语，

无处倾吐，

我想用无声的语言，

没有纸笔，

我从铁门上小小的方洞，

向老人诉说我的衷曲，

老人投来慈祥的目光，

一会儿，递过来一叠纸一支铅笔，

我用高兴得颤抖的手，

接过纸笔，

……

　　当然我也听说，1942年春，当父亲面临再次被捕的危险时，促成他决心赴西北的，是母亲。家族中的长辈曾遗憾于父亲的仓促离去。倘若事情果真如此，我倒宁愿欣赏母亲临事的这一番决断。虽然逃往西北，未必就逃离了恐怖。①

　　与父亲恰成对照，母亲的性情在岁月中竟像是无所磨损——她的子女由她20余年的"右派"生涯中，看到的是她早年的坚韧；由她衰病中顽强的生存挣扎，由她以80多岁的高龄，于骨折后又站立起来，看到的是同样的坚韧。当子女们已满面沧桑颜色，他们的心先已苍老，聋而半盲的母亲，却愈加单纯如儿童。陈述往事，几乎是她与世界仅有的交

---

① 父亲常说到20世纪40年代中期兰州的政治恐怖，城北的集中营，黄河中漂浮的装有政治犯的麻袋。我就在这城市出生。

20世纪30年代中期父母在开封寓所前

流。在她的日见模糊的视界里，那些图景想必更生动异常，比之当下的世界更现实也更直接：谁又知道盲与聋在她，是不是一种幸福！

母亲的旧照片，有些销毁在"文革"中。保存下来的照片上，母亲身着白旗袍，或长袍马甲，眉目精致，姿态妩媚。这些旧照片总使她的女儿们自惭形秽。她们即使当同样年轻时，也不曾有过这样的神采，后来则一律形容憔悴。她们也都不曾赋有母亲的强毅果决，她的自信，当然更没有她的那一派单纯明朗。

下一代可不会做如是比较。祖母或外祖母在他们眼里，不过是个干瘪、唠叨、不合时宜的老太婆。他们要有极大的耐心，才能忍受她职业性的训诲，且当聆听时彼此交换着嘲笑的眼神。他们或白皙或微黑，但一律结实而精力弥满。他们即使有噩梦，也与那片沙土地无关；即使有阴影，也不像是由"历史"深处拖了过来的。他们仍在纵横的血缘网络中，却难得想到那个古老的字眼，家族。他们彼此亲昵却对长辈缺少敬意。我当然知道，如若那片沙土根本不在他们的念中，那它就真的永远消失了——即使为家族计，这也未见得是不幸的吧。

旧日庭院

在开封那个名叫"大坑沿"的胡同住过的，是我的童年记忆中一处最好的庭院。开封人管小湖叫"坑"，比如"包府坑""龙亭坑"。"大坑沿"指的应当是"包府坑"边，而"包府"则是包龙图的府邸。开封与这个民间昵称"老包"的人物有关的文物，像是非止一处，可证人们对这黑面大汉的喜爱。我们住过去时，包府坑还在，但水已退，这一带已非坑沿。那坑像是也不太远，我们姊妹会偶尔到坑边散步，听大姐讲小说或电影故事，看月下水光闪烁如碎银。记忆中的那坑像是并不小，有芦苇在水中岸上。

这处房子的房东据说当过律师，又广有房产。这处宅院本来像是留给自己住的。我们家住进了前院，后院的南屋租给了一对景姓老夫妇，房东家住上房和北屋。在童年的记忆中，这处宅子门楼像是很深，后来房东在由门楼开出的临街的一间挂了"麻刀铺"（贩卖建筑用的铡碎的麻）的牌子，却也并未见有什么生意。倒是房东老伯，常常站在这铺子的门板外，眼神阴沉地朝街头窥看。后院之后，尚有一个园子，尽管已荒芜倾圮，仍然大可作为孩子们的乐园——我喜欢这处庭院，大半也为此。父母做教员，家当自然有限。我们用的大半是房东的家具。现在想来，堂屋的长条几、八仙桌，应当是上好的红木家具的吧，只是当时已不为人爱惜罢了。房东家送过我们一盆万年青，彩绘的瓷盆，我们由开封带到了郑州，"文革"中奉命向乡村"疏散"时，母亲送给了一家国营书店，现在早已下落不明了。

记忆中那庭院并不小。当然我知道童年记忆之不可靠，正是在这些地方。孩子用的量度大小、远近的尺码，总与大人不同。这是个很规整的院子，略如"京味小说"所写京城的胡同人家，除了没有天棚，石榴、金鱼缸一应俱全，至于胖丫头，我就是一个。院中除靠西墙的花坛上一株巨伞般的石榴树外，还有一棵大槐树，矗在靠南墙的花坛上；无花果则在门楼下，总像是荫翳着一点什么，令童年的我感到神秘。雕花的月门后房东住的院子，另有一棵高大的杏树，将半树树荫投到这院里来。我们住的是一溜北屋，明瓦大窗。夏日里，院墙和树将大半个院子罩在了阴影下，冬季则会有一院洁净的雪，和满布在玻璃窗上的冰花——这种精美绝伦的天工造物，我久已不见了。

1956年离汴前与同班干部合影

门楼下影壁后，庭院的西北角是厕所，东南角切出了窄窄的一溜，是厨房所在的小院，干娘就待在那里。我不知何以将这妇人称作"干娘"——显然与民间认干亲的习俗无干；我们此前此后也有过其他女佣，但"干娘"只此一人。"干娘"是孩子们的叫法，父母则称"赵嫂"——她恰与我们同姓。我不知道干娘当时的年纪，但确已是儿童眼里的老妇。这类记忆也往往不可靠。儿童度量大人的年纪，所用的尺码也与成人不同。干娘矮而偏胖，小脚，脑后绾了髻，是其时标准的老妇模样。

尽管在那胡同很住了几年，厨房小院在我的记忆中却并不清晰。只记得干娘所用的劣质头油的浓腻气味。我们用过早餐后，会见她坐在厨房前的小院中梳头、绾髻。那头发长而油腻。有时大姐也在那小院洗头。苗条而有一头秀发、梳了两根长长的辫子、舞姿舒展的大姐，是我童年时崇拜的对象。

不记得干娘是何时起到我家帮佣的。她似乎曾经是大户人家的女子，丈夫不务正业，又像是曾关进局子里。这类事在我的记忆中，都影影绰绰。但在许多年之后，我却还能记起干娘的劳碌。由厨房端饭菜到我们吃饭的堂屋，要斜穿过院子。由堂屋门上的玻璃看出去，会见干娘端了饭菜，身子略向前倾，小脚迈着八字，急急地走过来。我所做的有限的家务劳动，通常也就是帮忙端端碗筷而已。除了春节一类大日子，干娘总是在厨房吃饭，如旧时的厨娘。我还记得每到晚饭后，收拾完碗筷，擦拭了方桌、条几后，干娘会在洋油灯光不到之处，疲惫不堪地呻吟着，沉甸甸地坐下来。后来问起，父母说那时给她的工资，是每月8元，在当时不能算微薄。那时的一元钱，能买到100个鸡蛋。那年月雇得起佣人的人家想必不多，左邻右舍就没有见到。现在想来，承担七口之家的几乎全部家务，一定是件极辛苦的事。据我的印象，干娘对我的家是满意的。事后看来，虽辛苦如斯，在她，或许真的是一段较为安定的日子。后来离开我家跟了儿子，她还一再表示想再到我家，像是很怀念似的。

开封一带因曾为黄河淤灌，是盐碱地，地面以至墙上，往往可见白花花的一层，其时有人即以刮这层"碱面"为生。胡同里的水井则有甜水井、苦水井之分，苦水用于浣洗，甜水食用。常常可见卖水者，拉着装了木制水箱的车在街上走。我们家的水曾经由哥哥挑。哥哥挑着水，大脚片踩在青石台阶上，水沥沥淌进门楼去。哥哥应征入伍（后来又被退了回来）时，干娘还抹过眼泪——想必也记起了哥哥挑水的好处。

我也曾跟着干娘出门，应当去过她的家，却也记不分明。只记得她的大儿子或儿子的儿子来向她讨钱时，会带几个高粱面窝窝（即北京人说的窝头）来。那窝窝黑得发亮，因多放了碱面，吃起来很香。也曾跟了干娘走夜路（何以出门却全不记得），沿街的店铺上了门板，灯光由门缝泄出来。走在路上，干娘会传授给我一些很实用的经验，比如犯不上与那个总在上学的路上向我和妹妹寻衅的男孩计较："有拾金子的，有拾银子的，没有拾骂的。"那时的我，是个骄纵任性的女孩，会欺干娘好脾气，有胡同顽童似的恶作剧。干娘也只是生气地说声"小孩家，逞脸！"，同情、体

20世纪50年代中期全家照

贴是一种要由环境、经历培养而成的能力。我自己则要在一些年之后，在吃多了苦头之后，才会懂得体恤、同情。但干娘的愁容是记得的。只是由于禀性慈和，那眉目间的愁苦也因而显得柔和了。

除了做饭、洒扫、洗涤，干娘像是还缝衣做鞋——至少我和妹妹的衣裤，多半是干娘的手艺。常见她用吃剩的粥将旧布片——不知开封人何以管这种旧布头叫"破铺陈"———层层糊在案板背面打袼褙，晒干了比着鞋样剪了做鞋底。她住在那四间北屋最靠里的一间，没有窗子，通常就在哥哥、姐姐所住房间，坐在靠窗的床上，在透过大玻璃窗的阳光下做针线。纳鞋底时，在头发上蓖针，头油自然有助于润滑。棉鞋做好后，还要用桐油涂到半腰以便踩雨雪。干娘的针线活粗糙，常为母亲所不满。盛年时的母亲，干练果决，对己对人都苛，一有不满，就会拉下脸去。全不记得干娘在这种时候作何反应，无非那面容更其愁苦罢了。当年的母亲确有一种足以令全家人震慑的威严，尽管并不常运用。每当父母午睡时，我们和干娘无不屏息敛神，悄然出进，唯恐弄出响动。这种训练对于我此后长时间的"集体生活"自然是有益的。直到婚后，我还会嫌丈夫动作太大，声音太响，近乎"野蛮"；却又以为或许他较我更"个人"也更"自然"——谁知道呢！

那时街道已有电灯，但直到我们搬走，用的还是带罩的洋油灯。晚上倘母亲在，大家会围坐在吃饭用的方桌边读书、写作业。读中学的大姐、哥哥好交游，爱玩。常去的地方，除了包府坑外，还有城墙，和一处我们叫做"水门洞"的泄洪闸。大姐、哥哥都是学校文艺活动的骨干，偶尔会邀了同学，月明之夜在院子里大唱其歌。哥哥还曾导演过一台家庭晚会，邀了房东及其他房客欣赏。干娘这种时候在什么地方，已全无印象。在我的记忆中，她似乎只在该出场时才出场，其他时候，即毫无声息地隐在不为人注意的角隅里。但干娘的性情决不阴郁，常常会因了大姐的一个很平常的笑话，不出声地笑成一团，用手绢抹着眼泪。

我的记忆中保留了20世纪50年代前半期的开封市民对新社会的热情。那时的"五一"节还曾有过市民的化装游行。那真是愉快的日子。大姐和她所就读的女中的学生也在游行队伍里，戴着仿照苏联动画片中的公主或乌克兰民间服饰，用硬纸板做成的头饰，后面缀着彩色纸条，令我羡慕不已。还记得在一个类似的节日里，我跟干娘到她称为"婶"的亲戚家（是个和她的年纪相仿的妇人），吃了大碗的粉条炖肉。迁就母亲的口味，平日饭食清淡，吃到放足了酱油和盐的炖肉，竟也能这样长久地记得。此外还记得曾与小伙伴跟着邻居一位做街道工作的大妈抓"特务"，跟踪一个形迹可疑者。

那庭院浓荫下的宁静，覆盖了我的童年——严格地说，是1956年迁往郑州前的那段童年。宁静也因为与"成人世界"的间隔。我事实上是到了很久很久之后，在久已远离了那庭院与庭院中的童年之后，才听说了一些大人们的事。比如父亲说到解放之初的运动中，因压力之大，他所在学校竟有人割下自己的阳具。那成人世界距我其实并不真的那么远。我们常去游玩的龙亭，高墙上有弹洞与血迹；弹洞据说是解放战争的遗迹，而血则是"镇反"中自杀者留下的。我也曾在静夜里听到过街上传来的"坦白从宽、抗拒从严"的口号声，其时即使未曾恐怖，也应当有某种神秘之感的吧。我不知是否应当为此而感激我的父母——无论他们自己的处境、心境如何，他们毕竟不曾将一丁点儿阴影投在我当时的世界里。

"我的20世纪50年代"的前半段是由这庭院标记的。1957年后家庭生活的诸种变迁，使这庭院中的岁月对于我成了永恒。我怀念其中的素朴、宁静与单纯，怀念那绝无沾染的纯净亲情。1956年家迁到郑州之后，干娘去了小儿子家照料孙子，此后仍偶有来往。干娘死于噎食症（即食道癌）前，我们姊妹曾去看望她。她去世前后，父亲还写了信去，申斥她的那个不孝的大儿子。

大约1996年的秋天吧，去开封开会，报到的那天，我几乎步行斜穿过大半个城市，寻访旧日踪迹。那一秋多雨，大坑沿一带道路泥泞。问了好几个中年人，都已不知道我们住过的那处宅院。一个老妇记得我们的房东，远远地指点着那房子的方位，我没有走过去。胡同中房舍破敝，全寻不回童年印象。真不明白这城何以衰败至此，地方当局何不将用于政绩工程的资金，用在改造民居、改善居民的基本生存、城市的基本环境上。我当然明白，当年庭院中的生活连同其时的空气，已永远消失在中原的尘沙中。写这院落，不过欲将尘封中的旧事揭开一角，聊慰寂寞而已。这是一个家庭私有的一份记忆，在大历史中自然无足重轻——大历史不也由这些琐琐碎碎的人生构成？

雨中

那小院中的雨，已记得不大真切，却似乎还能感觉到雨水打在无花果粗糙叶面上的重浊。有水泡在院内积潦上游走，倏忽明灭。雨点敲击着房檐，单调而安适。入夜，叶面和积潦上有灯火的反光，院中花木的香气，湿漉漉的，更浓了。你在这时感到了静的深，领受了雨夜特有的凄清。那小院中的雨。

我其实不大知道记忆中的这雨，与我由宋词中读出的，是否掺杂在了一起。我的耽嗜宋词，倒像是根源于开封小院中的童年的。但那种令人安适而又惆怅的雨，却只是一份记忆。成年之后的人生中，与雨有关的诗意已日见稀薄；你漠然于公寓楼外的雨；只是在偶尔的行旅中，在你短暂居留的城市的楼窗边，那滴滴答答的雨声，水光闪闪的街道，才使你感到了寂寞。对面楼墙上的水迹，像颜色黯淡的古董，阴郁地提示着某件令你不快的旧事。你开始怀念起你居住的那个经常是干燥而阳光充足的城市来。

　　告别童年之后，似乎只有一个雨夜，常常被我怀着所谓的"温馨"记起。那是一个春雨之夜，手执一本冯至的《杜甫诗选》，跟家属区的老太太们巡夜。过后很久我才发现，那春雨的一夜，那巡夜中琐琐细细的情境，竟如此强烈地影响了我。我不能不说我中学时代对杜诗的迷恋，是与那一夜的雨有关的。

　　但雨对于当年那个心性柔弱善感的女孩，更经常的是阴郁的，那种湿漉漉的感觉，那种人与人被隔绝的感觉，常使她有与年龄不相称的荒凉之感。那也是一个春雨之夜，只不过雨不是温柔的"淅淅沥沥"。她与同学们一起睡在农家的阁楼上。他们在附近挖渠，遇到了雨天。当时她是初中一年级学生。男同学更惨，他们的住处是公社新修的猪圈，铺着稻草。由那次的经验，她发觉了雨的脏：那泥泞，那被鞋底践踏的湿乎乎的稻草。而她们住的是阁楼。她和其他女孩一起躺在水迹斑驳的楼板上，只觉得如在荒野上似的无助。楼梯那儿有一盏油灯，不时有人上下。墙上晃动着的巨大人影，夸张而怪诞。但她并没有想到某一个童话情节。那是个太现实的时代，她早已失掉了童话感觉。只是想家，想躺在自己的那张床上。

　　因了"出身"这一种原罪，也因了道德自律，那时的我几乎是在自虐式地苦干，拼出了吃奶的气力革命。挖渠、翻地、运肥、收割；朗诵、发言、写革命诗（顺口溜）。尽管仍不能免于疑论：此人的学习目的是否明确？革命动机是否纯正？我不能克服那种时时泛上的疲惫感。用了眼下时髦的话说，真累。

似乎从那时起，我就常在投入与逃避、兴奋与疲惫之间，既惧怕喧嚣又不耐岑寂，在"群"中不胜其扰攘，独处又有被冷落的悲哀——经历了那个革命年代者的一种矛盾。而那革命年代在我个人，恰恰开始在由胡同中的小院到公寓（即"单位宿舍"）之后。

公寓楼外的雨，是极少诗意的。这也是城市建设的一份代价。公寓生存使你失掉了某些精微的感觉能力，你冷落了月色，忽略了雨声，你对四季的流转渐渐迟钝。你甚至对这些失去也不再动心。你的子女已不能欣赏宋词——当然这是无关紧要的。但如果你是所谓"文人"的话，这毕竟是实实在在的失去。我在意识到"失去"时，察觉到了自己人生的荒芜。偶尔，在工作的间隙，仰在椅背上，会想起一条长长的雨巷，夹巷的高墙散发着土腥味儿，一枝伸出在巷上的树枝，滴一串凉凉的水珠在脖子上。这当然是极平庸的梦，多半是打别人那儿借来的。但我仍梦着那温润的雨，那长巷，那雨中的一派晶莹，那唯独雨才能给予你的极幽深的静。在这瞬间，似乎又与童年经验相遇了。那小院中的雨。

灯火

　　读路翎的作品，我由他那些写灯火的华美文字，读出的是这灵魂的孤独，这灵魂对人间的疏离与依恋——确是既疏离又依恋，因而那总是远方的灯火，一个流浪者的灯火。他依恋而又逃避着那灯火下的世界。灯火是人间，又像是一段旧事，温暖而又凄凉。时在望中的灯火，确证了他的流浪者的身份：他只是在流浪而非弃绝尘世地隐遁。他命定了只能痛苦而又满足地辗转在泥途中。

　　远方的灯火，也如远山，远水，远村，远树，因其远而成纯粹的诗。只是在孤独的行旅中，你才无以抗拒远方灯火的蛊惑，因为唯它足以提示你所熟识的那一些，那琐琐碎碎的日常情景，与那情景相连的一份安适。这琐碎的安适，在平居中你已无所感觉。你在这时想到了家人。你忽而变得软弱，有陌生的温情袭上了你的心……

　　在夜行的列车上，吸引我在窗口久坐的，正是这远方的灯火，那闪烁在林木间的，那由农舍洞开的门内泻出的，那天地尽头孤独地点亮着的。凌晨的小城镇，似在浓睡中，高矗的灯柱下一派寂寥。我想到了故乡城市的夜。我曾在"文革"武斗期间的一个深夜，回到家所在的城市。你大概想不到，武斗中的城市竟会给人奇特的安全感的吧。这灯火通明的城市令我觉得陌生。我独自走过空旷的街道，如走在一座被遗弃的空城，情景怪异而新鲜。夜的城市似乎总是美的，其破敝掩蔽于夜色，又为灯火所修饰。灯火因而也如月色，方便了作伪——为人生所需的小小骗局。

"文革"开始的那年，因了某种心理紊乱，我曾一度离开就读的大学，住在豫南姥姥家所在的三家村，其间还曾在距县城稍近的姨家小住。那三家村其实说不准是几家，除姥姥、舅舅与表哥的一家（已分了锅灶）外，还有未婚娶的杨姓两兄弟。夏末秋初，白天在生产队的地里干活，晚上拖一领席子到屋后坡上独坐。月朗风清，只听得远村的犬吠和周遭唧唧虫鸣，反而有一种令我不适的空寂之感。姨家所在的村子叫八里岗，离县城大约8里。中原也如大西北，因土质疏松、雨水冲刷，地面多断层，沟壑纵横。入夜，坐在姨家后园的土崖边，白日里看不清晰的县城，竟陷落在不太远处，闪烁飘忽，洸洋成一片灯的湖。那时我并不确知北京发生了什么，却似由空气中感觉到了几千里外的骚动，使我再不能耐乡居的岑寂，不久后即灯蛾扑火般地，回到了那座正在疯狂中的大城。

之后，我曾有过一点漂泊的经历。疲惫不堪地走在熟悉或陌生的道路上，那些路边人家窗口的灯光，竟也会让我停下脚步。我想象着那灯下的家居情景，那灯光中的墙壁，那厨房里的家什，模糊地猜想着那是一个怎样的家。这份兴趣至今仍未失去，在道途中，在夜行的列车上，那灯火总要引我的想象到陌生人家去。其实我何尝不知道，那灯火下所有的，或许只是卑琐，彼此詈骂的夫妻，吆五喝六的酒鬼，昏天黑地的赌徒。但我仍忍不住要猜想，放一些我熟稔的零碎经验在里面。

在那个小村八里岗看到的那片灯的湖，是城市。我在乡居中证实了自己对城市的依赖。但此后更能引动所谓"闲愁"的，依然是乡村的灯火。浸泡于古旧诗文的意境，中国的读书人更乐意品味乡村式的孤独与凄寂。我所住过的北方乡村，农家常常舍不得那点儿灯油。下工回来，家家门里，只见烙饼的鏊子下明灭不定的火光。你行旅中所见灯火的寂寥，多半缘这穷。乡民在他们的梦中，大概要梦到灯火辉煌的都会的吧。在穷乡僻壤的乡下人，那或许竟是他们一生中最回味不已的梦。

你我都有一些关于灯的故事，那通常是一些最平淡的故事；但正是灯证明了这故事在人境。窗外的灯远远近近地亮了。我在黑暗中坐着，听四周窸窣的声响，感到宁静与平安；而后打开台灯，翻开了正在阅读中的书。

忘却

　　刚试着在电脑的键盘上打字，就开始誊写父母所写的回忆。十年前，我这里还没有电视机，父母偶尔来小住，就说些琐碎的往事消度长夜。那时我说，写下来吧。当时与其说出于对旧事的兴趣，不如说看得老人太寂寞，想为他们找点事儿消磨时间。没想到父亲认真了。此后，他断断续续写了十几篇。更没想到，母亲竟写了一篇《家庭简史》。假期回去，随便翻翻，读得并不那么仔细，为此多少有点抱歉，因为那些文字毕竟是两个老人写下的。今年夏天，为风气所裹挟，也来"换笔"，首先想到的，就是打印父母的作品，了却一桩心愿，也为了补过——这层意思，却没有向父母提起过。

　　我何尝不知"人过三十不学艺"的古训（？），虽然上了机，仍不免战战兢兢。倒是这手不应心，使我将父母的文字，在键盘上仔仔细细读了一遍。父亲所记的有些事，是我亲历的，比如1957、1958年间家庭的变故，但在键盘上打下去，仍不能不动心，尤其所记我当日的表现，有一些我全不记得。那文字后面，不消说是一双父亲的眼睛。事情发生的那年我12岁，小学还没有毕业。"一个星期六夜里，我被园儿的哭声惊醒，拉开灯一看，她正在床上坐着哭泣。她说，我不上学了，我要到泌阳县姥姥家放羊，我不上学了，我要去放羊。我和培义一面劝她躺下睡觉，一面也为孩子所承受的精神压力而暗自落泪。""她经常星期日也留在学校。一次我去看她，学校大多数同学都已回家了，校园里显得冷冷清清。经我打听，说她到洗脸间洗头去了。我站在院内等了好一会，她从洗脸间出来，一句话也没说，默默地在我跟前站了一会，两眼红红的，掉头又回寝室去了。"

这是我么？显然是的。"反右"过去了很久，我才懂得父亲当年的紧张与忧虑。记得刚考入中学后的那段时间，父亲常常会在上晚自习时来到我们教室的门外。后来我请他不要这样频频来看我，同学们要笑话我了。他于是不再出现在教室门口。但我不久即发现，父亲仍经常在教室窗外注视着我——周末回家，他会在饭桌上描绘那个小学生干部俨乎其然的神气。

但更令我动心的却是母亲的《简史》。在键盘上敲击时，我才注意到，这篇以她本人的经历为主要线索的回忆，记述她1957年以后的遭遇的文字竟是那么少，却在一些我以为极琐屑无足涉笔处不厌其详。如若不是父亲的回忆对她当年的处境有细致的描述，她本人和这个家几十年间最重大的事件，在他们的史述中几乎要付诸阙如。那是20多年的岁月，当然不可以如此草草地带过。近十几年混迹学界，知道了一点自我心理保护之类。母亲年近九旬依然天真，她不会想到所谓的"自我保护"的。她只是在回溯一生时，眼光自然而然地从不堪回首处掠过；也因为这始终天真的老人，保存了太多的温暖记忆，她更乐于回味那些她以为值得回味的。她当然有这权利。

"……同院的一个老年妇女问明情况，把我领进一座坐东向西的三间草屋内。我不记得有床和桌子，除了迎门有一片空隙外，从南到北，全是地铺，和每人一卷儿简单的被褥，真是名副其实的劳改犯的住处。""她有一种乐观的天性，对前途总怀着希望。特别是为了挽救这个一向被人誉为'美满'、现在却濒临毁灭的家，她拼命劳动，写了几本歌颂劳动、歌颂农村'大好形势'的诗篇，还喂了几只雏鸡。每次出工劳动，小鸡总是紧追不放，放工回来，小鸡又围绕脚前啾啾不休，盛夏午睡醒来，小鸡依床而卧，不忍离去。在有家不得归的情况下，小鸡就成为她的小家庭成员。"这里写的是母亲。

不必搜索，我的记忆中全没有这些场景。我那时在哪里？我不记得曾到过母亲所在劳改地和乡村，也全不知她当时的生活，甚至过后也没有想到过去打听。而那时我已经十几岁；她后来待过的村子就在我读书的学校附近，去一趟不过举足之劳。那时她的生活中只有父亲。

或许正是那保存了一生的单纯拯救了她，否则她也会动辄如我似的，感到"荒凉"的吧。那确是一个感情荒芜的年代。

"尽管如此，她的内心淤积起来的痛苦，也总有抑制不住的时候。在一个夏夜，大概是星期六吧，孩子们都在膝前，她突然像决了堤似的，痛哭起来，哭得那样伤心，最后说出的一句话，是，我和爸爸离婚吧，离了婚，彻底'划清界限'，我就不再连累你们了。我和孩子们都向她围了过去，用无言的深情抚慰她……"

这场面我还隐约记得。但我同时知道，母亲的创伤，至少部分地是由我造成的。我还能回想起我当年的乖戾；那些怨愤的表示，其中有十足少年人的冷酷。这却又是我所不忍回想的。更可怕的是甚至无处忏悔，因为父母似全忘却了。

十几年来，写回忆录亦成时尚。回忆录的价值当然以其人的地位、其人关系国家兴亡、民族绝续的程度而有种种。

我的父母的回忆只是写给他们的儿女的，不便用上述尺度衡量。我自己也已渐入老境。即使在将来，我也不大会写回忆录的吧。较之母亲，我的记忆之书中有更多令我不敢注视，必得急急翻过的篇页。我只是预先惧怕着"罪错"会有一天使我永远地失去安宁。

有意地忘却也属人类本能。忘却甚至可称一种艺术。幸而有忘却，否则人生将太沉重，令人不堪负荷。但在打印父母的回忆时，我感到的却更是父母之爱的博大，他们对人间温暖的从不放弃的渴求。这当然是一份常人的习性，注定了其人难以如陀思妥耶夫斯基似的窥见人性的深。但我们都是些常人。能忘却，有渴求，也才能生活。

打印出的文稿已在父母的案头。我的心当然不会从此而安宁。我也会努力地忘却，为了平静地活着。这肯定正是父母所希望于我的。

1993年10月

[附录] 父亲的回忆·家庭的灾难（节录）

……

在这期间，郑州师专处理了一批所谓"极右分子"，是深夜抓到卡车上带走的，带到什么地方，谁也不知道，甚至连打听一下也不敢。

寒假到了，黎和陇在开封上中学，要回家过春节。关于妈的问题，我只在通信中简略谈过。为了使孩子们思想上有准备，我写信给他们约定，到郑州车站下车后，先到文化区郑州师专，我在门口等候。夜里9点左右，他们到了。从师专到行政区幼儿园，约有3里，我们一起在伸手不见五指的黑夜，穿过农田和村庄，边走边谈，讲了妈的情况。我估计问题并不严重，叫他们安心度过寒假。其实这个寒假的气氛是非常黯淡的。一般春节时期的欢声笑语，在这个家庭消失了。过去经常来往的亲友，见不到了。谁还敢和有"右派"嫌疑的家庭接触呢。家庭本来是有东邻西舍的，现在却像一个孤岛，人们如害怕瘟疫一样，躲避着这个家和这个家的每一个成员。人们常说，某某人被"打成右派"了。人本来不是右派，但是可以被"打成"的。一旦被"打成右派"，就像被染上一种有毒的色素一样，令人望而生畏，令人憎恶。

1958年的可怕的春节到了。幼儿园的领导小组对培义的问题提出的处理意见是：免职降资，在原单位监督劳动。在文委审批时却改为到农村劳动改造。工资没有了，所剩的只有劳动吃饭的权利。处理宣布后，两天内要随教育厅的"劳改队"到商城县去。

从此，我和孩子们就成了"无家可归"的人了。首先我到实验小学找夏××，她是小学的教导主任，1950年开封师专毕业，当时我担任"开师"的领导工作，算是有师生之谊。她对我的处境表示同情，我提出让女儿赵园、赵申住

20世纪50年代的母亲

宿、就餐，她同意了。我本来在师专有宿舍，吃饭就在食堂。

现在想来，我最大的遗憾是：总以为她俩还小（一个12岁，一个9岁），只要安排好生活就可以了，没有向她们多做解释，使她们准备迎接即将到来的生活变迁和可能出现的困难。因此，孩子的幼小的心灵上所遭受的折磨比我所能预

料的要大得多。培义离家的那天早晨，孩子哭着走向学校，接着园儿受到一系列的打击：她的少先队大队长的职务被罢免了，还要当众检查，表示要和右派母亲划清界限，同学们的冷嘲热讽是不可避免的。一个争强好胜、在同学中崭露才华、受到老师和同学们爱戴的孩子，一下子成为令人侧目的对象，如何受得了！

最使我难忘的是，培义从商城回来以后。她由于身体虚弱，习惯性便秘，需要经常灌肠，实在支持不了，请求脱离公职，回到郑州。本来计划在沈岗村租房居住的，后来师专领导同意分配给一套宿舍，地址在白庙村附近。从此，园儿和申儿就可以回家过星期日了。一个星期六夜里，我被园儿的哭声惊醒，拉开灯一看，她正在床上坐着哭泣。她说，我不上学了，我要到泌阳县姥姥家放羊，我不上学了，我要去放羊。我和培义一面劝她躺下睡觉，一面也为孩子所承受的精神压力而暗中落泪。

培义回郑州以后，申儿转到文化区小学，她年纪小，离我近一点，便于照顾。园儿仍在实验小学，一直到毕业。她经常星期日也留在学校。一次我去看她，学校大多数同学都已回家了，校园里显得冷冷清清。经我打听，说她到洗脸间洗头去了。我站在院内等了好一会，她从洗脸间出来，一句话也没说，默默地在我跟前站了一会，两眼红红的，掉头又回寝室去了。

小学毕业，园考入师专附中，当时正值1958、1959年"大跃进"的高潮时期，学生的劳动量很大：割麦、积肥、挖塘泥，每周都有活要干，有时一连几天不休息。我拜访过她的班主任，问她在学校的情况，班主任说，她年纪那么小，可干劲比大学生还大，叫她休息也不休息……这除了她向来严于律己的性格外，我不能不想到她母亲的问题，对她所造成的负担。因为她是右派的女儿，就应该付出更大的代价，才能获得同学的谅解。

……

培义从商城劳改队回来，虽然是在身体不支的情况下，要求被批准以后回到郑州的，但还是以"脱离组织"论处。"右派"的命运并不因此而有所改变。五月到郑州，六月麦收季节，就被迫去到农村割麦，之后又被发配到郑州西郊约30里的杜庄。那里集中了近百名男女右派，进行有领导有组织的劳动改造。在郑州师专的家里，只剩下我和园儿、申儿，又开始了丈夫没有妻子、孩子没有母亲的生活。至于培义在那里是怎样度过了大约两年的时光，我就不得而知了。这中间，我去过两次，她也因我吐血症突发，学校派人向

1957年夏，哥哥、姊妹于"反右"前在郑州人民公园。

劳改队说明情由，准许回家照顾我一段时间。1959年春节期间，玲、黎、陇都回来了，她们当然想见见妈妈，我也打算给妻送点节日食品改善一下生活。说也凑巧：那天我骑车带着一篮东西到了杜庄，她也因放假半天回到郑州市的家，因为各走各的路线，并未相遇。东西送到后，同院的一个老年妇女问明情况，把我领进一座坐东向西的三间草屋内。我不记得有床和桌子，除了迎门有一片空隙外，从南到北，全是地铺，每人一卷儿简单的被褥，真是名副其实的劳改犯的住处，虽然在他们打成右派之前，都是"人民教师"和"机关干部"。我无心久留，把一篮食品挂在梁头上，又循原路回来，在中途恰恰碰上玲、黎送妈回杜庄劳改队。天色是阴沉的，冬季的下午又是那样短，妈又必须在夜色笼罩田野之前赶回住处，就这样又匆匆分别了。"右派分子"在一年一度的春节只能和子女有一两小时的聚会，而和我，则只是匆匆一面，就要分手。说什么呢？

1960年，说是因为培义改造得比较好，宽大处理，又叫她回到郑州师专的家里，"右派"帽子并没有摘掉。在学校家属小卖部劳动一段时间之后，又被发配到近郊大铺村劳动，离家只有三里路光景。先在生产队吃大锅饭，后来允许自己做饭。她从劳改队改为"监督劳动"，住在生产队会计家里，分给她两间房子，不再睡地铺，而是单人床。有事也可以请假回家看看，从来没有超过半天，或在家里过夜。我去看她也比较方便。她有一种乐观的天性，对前途总怀着希望。特别是为了挽救这个一向被人誉为美满、现在却濒临毁灭的家，她拼命劳动，写了几本歌颂劳动、歌颂农村"大好形势"的诗篇，还喂了几只雏鸡。有雏鸡为伴，平添了一些生活乐趣。每次出工劳动，小鸡总是紧追不放，放工回来，小鸡又围绕脚前啾啾不休，盛夏午睡醒来，小鸡也依床而卧，不忍离去。在有家不得归的情况下，小鸡就成为她的"小家庭"成员。

尽管如此，她的处境和精神压力所淤积起来的痛苦，也总有抑制不住的时候。她虽然决心在子女面前不流露一丝一毫的脆弱，但忍耐毕竟是有限度的。在一个夏夜，大概是星期六吧，陇、园、申都在膝前，她突然像决了堤一样，痛哭起来，哭得那样伤心，最后凝结为一句话：我和爸爸离婚吧，离了婚，彻底划清界限，就不会连累你们了。好像只有这样，才能解除她不可排解的内心痛苦。我和孩子们向她围了过去，为她揩泪，用无言的深情劝慰她，她逐渐平静下来。说什么呢？她究竟是否"反党"，我最清楚；孩子们由她一贯的表现，也无法把妈妈和"右派"联系在一起。要划清什么界限呢？黎儿考入河南师范学院以后，在一次来信中也说，子女是最了解妈妈的。在当时的条件下，也只能这样含蓄地表露母子之情。

培义对党的忠诚几乎到了孩子般的纯真，有点近乎宗教信徒的虔诚。20世纪50年代学习苏联的狂热，在教育工作者中是相当典型的。她对"凯洛夫教育学""马卡连柯的教育言论"等等的学习几乎达到入迷的程度。她有早起的习惯：一家人都还在梦中，她就悄悄地起床，点起煤油灯读《简明联共党史》《斯大林全集》《列宁全集》《毛泽东选集》等等，边学习边记笔记。她有记日记的习惯，数十年没有间断。这几十本笔记、日记，全在"文化大革命"中毁灭了。

……

培义为了早日"改造"好自己，"脱胎换骨"，不顾严寒酷暑在菜田拔草，施肥，上工总要走在一般社员前面，收工总要走在后边。一个三伏天，她胸前积痱成疮，大面积结成黄痂，渗流脓水，看了令人心疼，脸上、胳膊上交织着像用刀划过的伤痕。我惊奇地追问为什么搞得这样严重，她说是在甘蔗地里弄成的。溽暑天气，甘蔗丛中像个蒸笼，闷得叫人发晕，能不出痱子？甘蔗的叶子像刀片一样锋利，在蔗田里钻来钻去，能不留下血痕？她说得轻松自然，好像不得不然，没有流露一丝痛苦的表情。

直到1962年，区政府根据她的"罪行"和劳改表现，准备给她"摘帽"了，派了一个干部和她谈话，问她究竟犯过哪些错误，她还是不假思索地说，她反党，反对党的领导。那位干部并不满足于这些空洞的词句，问她具体的事实，她才把划"右派"的实情说了一遍。人家满意地说，这样说好，不要空戴大帽子。之后不久，就为她"摘帽"，召开了一次由家属参加的"群众会"。从此，似乎解除了加在她身心上五年之久的政治压力。但事实并不如此简单，只是从"真正右派"变为"摘帽右派"。这好像是"三中全会"以前的"革命逻辑"："摘帽"并不意味着"回到革命队伍"，"右派"是洗不掉的身份烙印。因而，一遇"政治运动"，"摘帽右派"首先要受到审查与斗争，新账老账一齐算，没有新账也要抓住老账不放。"文革"就是这样。

1962年摘帽后，因为失去公职，只能在家待着，这个家又成为名副其实的家了。没有主妇的家，永远是冷清的，黯淡的。

1963年春节，教育厅王厅长到家来看我。他是我河南大学同学，在这个阶级斗争低潮时期，出于"礼贤下士"的动机和美德，到几个高等学校教师家里走走。他主动提出要为培义安排工作。牛书记则一向对培义的不幸遭遇是同情和关怀的。不久，培义被安排到省立第二实验小学去教书，工资定为60元。虽然比任幼儿园园长时期降低了20元，但精神上的压力的减轻，对一个屈辱的灵魂，无疑是巨大的鼓舞：从此可以和别的教师一样走上讲台，恢复作为人民教师应有的尊严了。

省立实验小学在行政区纬二路的东端，离在文化区的家约有十里之遥，只能在学校就餐。我和孩子们也都吃食堂，但周末能团聚毕竟是愉快的。中断多年的家庭生活失而复得，每个人都很珍惜。

由于培义一向责任心强，对工作要求高，而身体的虚弱又造成力不从心的矛盾，一次昏晕在赴会的途中，一次昏晕在讲台上。这样昏晕了多次，一次比一次严重，一旦昏晕，就四肢发僵，牙关紧闭不能言语，非多日休养不能好转。她对继续工作失去了信心，我也害怕万一到了耐力的极限，造成不堪设想的后果。而当时在一般教师队伍中，还没有"小病大养""吃大锅饭"的风气，一个教师不能上课，只能由别的老师分担。长期增加别人的负担，自己于心不忍，也给领导造成不易解决的困难。申请退休还不够条件：连续工作五年以上，才能因病退休。脱离劳改队就是脱离公职，这是公职中断，不能计入工龄；而这次到实验二小还不足两年。在这种情况下，只有两种抉择：不顾死活地爬上讲台，或申请退职。"退职"在我们的社会，就意味着失业。一个对事业充满希望，力图以毕生精力贡献给教育事业的人，仅仅因为自己无法克服的身体虚弱而不得不申请"失业"，该是多么痛苦的折磨！在"阶级斗争要年年讲、月月讲、天天讲"的年代，谁也难以预料自己未来的命运，培义如果失业了，而我万一又在阶级斗争中失足，子女的学业将被中断，甚至成为街头的流浪儿。一对夫妇、一个家庭的命运和国家之间，好像有两条蛛丝在连系着，其中一条断了，还可以勉强生活，两条全断了，就沦入万劫不复的深渊。1957年"反右"以来这一类家庭悲剧太多了，不能不引起警觉。在是否申请退职的问题上，我反复琢磨着，但始终没有向培义直说，怕引起她对生活前景的顾虑，我也知道，只要有一分可能，她是决不肯退职的。我只是说：退就退，我一个人的收入还是可以生活下去的，放心好啦。

从1958年春到1979年落实党的政策，纠正冤假错案，恢复原来的工资，这漫长的20余年中，除了在实验二小不足两年的短小插曲外，她一直过着"劳动改造"和家务劳动的生活，她的内心痛苦是可想而知的。1979年重新领到工资之后，她流露过埋藏多年的隐痛："我终于结束了寄人篱下的生活了。"这是一个从十六七岁起就开始在农村地主家当家庭教师，而后又走南闯北，依靠自己的努力生活斗争过来的女性，自然而然的感触。尽管在我们家里，我和孩子们，对她的不幸遭遇和由此而来的可怕的影响，没有过任何埋怨情绪。

　　在教育厅召开的为错划右派的34人的平反大会上，她属于"完全错划"的四人中的一个。有谁认真计量过，几十万人和他们的家属为这种"扩大化"付出的代价！

　　　　　　　　　　　　　　1984年开始追记，时年75岁

关于季节的记忆

　　古代中国人在季节、时令方面积累的知识与经验是如此丰富，以至个人记忆倘若不安置在这样的时间框架中，就难以被辨认与述说。在书斋生活已使得有关季节的感觉钝化之后，我仍试图凭借这说不清是"自然"抑"人为"的秩序，梳理那些早已凌乱不堪的记忆材料，却同时发现了材料的匮乏。或许正是季节这概念，妨碍了梳理？"季节"要求公认而醒目的标记，而"个人生活"（尤其在记忆中）却往往边沿模糊，意义含混。但既已着手，就不妨勉为其难一回，看在这题目下，能写出些什么东西。

冬

　　我能马上记起的，是1971、1972年之交的那个冬天，家乡某专区的招待所。我和衣拥着招待所脏兮兮的被子，读郭沫若的《李白与杜甫》。连日大雪，空气惨白而冷，室内进进出出的，是和我一样的"老五届"大学生。我家乡的那个省突然做了个与我们性命交关的决定，将"文革"中分配到河南的五届大学生做一次性处理（当时的说法是"再分配"）。这当儿被大雪困在招待所中的，多半是未被命运之神眷顾者，面临着被留在乡村的前景而做最后的一搏。那间宿舍中的住客不断变换，新来的人各自寻找门路，行色匆匆，彼此若不相识。至少是，我与他们若不相识：当我写到这里时，竟没有一张脸由记忆中浮出。只有一次，在宿舍外，一个同系的男同学——这张面孔也早已模糊不清——对我说，他知道我的情况，他本人的"政治条件"也不好，因而彼此相当，不妨建立某种关系。

　　我或许是在那招待所住得较久的一个，其间还曾往返于专区所在地与我插队的县城、公社。我也像我那些命运不济的同伴那样，到"有关部门"软磨硬泡，仅有的招数是不断出现在办事人员的视线中，却不便像早已操练得圆熟之极的男同胞那样，套着近乎递上烟去。我也曾拿着父母在郑州弄来的什么信，去敲某个当局者的门，在不置可否的敷衍中尴尬地走开。其余的时间，就待在床上，读那本《李白与杜甫》。窗下的雪被踩成了烂泥。我并非对窗外的注视毫无知觉，却仍读得专注而麻木。那时我已得知我被留在了我插队的县，且由于档案中的某种我不确知的内容，被认为不便安排在县城教书，分到了一所远离县城的公社中学。直到现在我也不能解释，李白、杜甫与我当时的处境有何干系，竟引起了对我如此紧张的关注，甚至为此激动不已。远在南方的旧日同窗在给我的信中表示大惑不解，说郭某"扬李抑杜"干卿底事！

在那之前与之后，有过不止一个多雪的冬天，我却往往在大雪飘飞的日子，记起那招待所窗外的雪，那专注中的冷漠与麻木。我猜想那固然因了事关杜甫，却更因我需要麻木自己。我其实是在抵挡屈辱与尴尬。那种沿门行乞般的经验，在我只有一次。当几个月后我终于回到了郑州，毫不犹豫地就去了城边上的一所简陋、破败的中学，对于其他可能的选择无动于衷。

春

奇怪的是，当我想到了"春"这个语词，脑际竟像是空空如也。这似乎不大正常。无论我中原的家乡还是京城，漫长的、灰黄的冬日都理应引起对春的渴盼。渴盼是有的，但我却少有与春有关的故事。眼下我能记起的，是北京远郊的树色，那透出在树梢处的若有若无的一层青绿。那片树色是我在车上看到的。当时我已经在这我工作至今的研究所，单位曾在早春组织植树。

　　乘大巴去远郊植树的事，近些年再没有过，但每到早春，我都会如被提示了似的，想到搜寻最早到来的春的消息，却往往错过，待到发现，满城的树早已翠色欲滴。早春像是只在远离城市的乡野驻足，一当踏进城市，即容颜过分艳丽而将苍老。我也仍然会因纷扬的杨花与袅袅的晴丝而心动，却像是并无故事。这很可能只是年龄与记忆的花招，它们将一些最敏感的经验，借用了一个当代作家的形容，将那些"细微如毳毛"的感觉，最先过滤掉了。当然也可能因了表达的障碍：难以述说的经验尚找不到方式呈现自己。

<h2 style="text-align:center">夏</h2>

　　当记忆与"夏"这字样相遇，竟顿然活跃起来，纷至沓来的印象，大多与中学时代有关，且大半浴着月色。月色中操场上的长谈，周末踏月到附近单位看露天电影，等等。当然夏也意味着无可抵挡的燠热。记得那间由教室改成的拥塞了几十架双人床的宿舍，暑期前最热的那段日子，女孩子们竟打起了赤膊。那会儿的西红柿真便宜得可以，我们整脸盆地买了，放在床下。

　　最美好的自然还是暑假。路边的白杨树，高处的叶片反射着日光，水银般闪烁流动，接近地面处蒙着一层厚的灰土。你待在家里，慵懒的午后，睡眼惺忪，手边是一本外国小说。只有这夏日才有足够的闲暇，那些小说也就与夏发生了关系，在我的回想中，都像是氤氲着夏日的气息。尤其俄国小说与忧郁的俄罗斯民歌。我几乎是直接嗅到了干草与麦秸垛的气味。我相信不止一代人，就在这文字与旋律中，渴望着被爱也学习着爱，那种俄罗斯式的忘我的、自虐的、献祭式的爱，因清洗了肉的气味而益加纯洁、庄重，也益加痛苦的爱。直至"改革开放"，驳杂的20世纪文学一拥而入，才结束了一个"古典浪漫时代"，与市场化一道，复杂化了不同代者那里"爱"的义涵。但你仍不妨承认，在我读中学的那时代，古典的、浪漫的爱充当了诗意之泉，给予过不止一代人滋润与抚慰，是他们"曾经有过青春"的一份证词。

在大学校园里度过的夏，也非全无可忆。那夏的记忆竟也与爱有关。进入北大"文工团"后，我曾向团内的施姓同学学琵琶。夏夜，北大三十斋楼下，像是还残留着丁香花的淡淡气息。我在宿舍里一遍遍地听师傅弹《十面埋伏》《浔阳夜月》《飞花点翠》《彝族舞曲》。去年买了几张民族音乐的CD，放至《彝族舞曲》，竟有触电般的震颤。乐声响起，复杂的指法弹奏出和弦，繁密而热切。月色，篝火，林间嘈切的私语中，口弦声悠然而起。我其实不便坚持认为这篝火与爱情之夜在夏季；甚至听师傅弹琴也未见得在夏夜——丁香花即提示了那破绽。但我记忆中的《彝族舞曲》却仍然是夏天的故事，唯夏夜才有那热烈与朦胧。骀荡的春风中未及苏醒的情欲，在这当儿苏醒了。"文革"前的校园，空气已骚动不安，却不能阻止一个大学女生渴望爱与被爱，即使那只是一种方向不明的渴欲，找不到出口的暧昧的激情。

秋

奇怪的是，也如对于春，对于秋的迷人之处，我始终未能充分地领略，尽管我的生命秋意已深。秋这季节里也像是没有我自己的故事，没有令我能触电般记起的情境。更可能是，那些故事，那些记忆的碎片隐匿在某一昏暗的角隅，等待着被唤醒并赋予意义。当我写作本文时，想到的，是20世纪七八十年代之交在北大读研究生时，由图书馆巨大的玻璃窗看到的秋色。由于树种的丰富，我看到了层次丰富的绿与黄，烂漫中隐含着肃杀。似有冬的声息，正在由遥远的天穹泠然而至。当年站在那块玻璃窗前没有想到的，是我此后的一段生命将在秋色中展开。秋是敛抑的季节，理性的季节。

这季节宜于沉思，也适于学术。只是当年我未及去想的是，此后的"学术生涯"将有怎样的单调，我的生活在不久后将失去这可供悠然地凭眺的长窗，与这繁复的色彩。

以上记述有可能被作为据以考察"季节—心理"的某种例证。我其实不能确认"季节"在这种私人经验中，仅仅偶然地充当了景片，还是直接参与了生活、情感过程，"季节"以何种方式、在何种程度上进入了生活。这肯定是个复杂的问题。

我也不大懂得"世纪末""千禧年"的含义，不知自己所处，是否也如鲁迅所说，是"进向大时代的时代"，自然也就不解何以在这一时刻临近之际人有必要回眸。我自知回望之际，所见无不琐碎渺小，与"大时代"无涉，展出在这里，如未经整理的老照片，却还是应约写了这篇文字。仪式行为在人类生活中，总是不可少的吧，我何必要刻意拒绝在其中扮演一个角色？

暮春

眼见得春色老了，却像是还不曾享用过春天。大陆的北方几乎无所谓春天，你刚刚放心地收好棉衣，太阳一下子火辣辣地烧起来：春天也就这样一闪即过。但度过了漫长的冬季的人们，仍有体验春的兴致与耐心，即使这春像是打摆子（发疟疾），而绿意一点一点地从漫天尘沙中透出来，显得那样艰苦——这艰苦也使得你对那点春意分外爱惜。待到有杨花如雪般的在窗外静静地游走，我总会无端地激动起来，像是有许多美好的记忆，却又一时想不分明。忽而记起儿时结伴出城捋柳叶，舌尖上顿时有了那点清而微苦的味儿。家乡太穷，几乎没有什么长在地里的东西是人没有吃过的。当然我与小伙伴的捋柳叶又非度荒，那倒是尝鲜。只是大约现今城市长大的孩子，已不会知道嫩柳叶的滋味了。要先在水里焯一焯，拌了麻酱，或滴一点麻油，早饭时就着馍吃。再过一些时候则吃榆钱和槐花；用长竹竿打槐花，那花落得一地如雪。将槐花、榆钱拌了面，蒸熟了，浇上蒜汁，既是菜，又是饭。也可以晒干了，留到冬天包包子。

捋柳叶的乐趣更在出城。那城市在黄河边上，有一两面的城墙外几乎全是连绵的沙丘，有些处高与城墙齐。黄的沙，如烟似雾的柳，偶尔有极浅极薄的水在沙上走——这副景象只保存在我的记忆里，那座城市早已变得让我认不出了。

后来在另一座中原城市，我还和母亲、妹妹一起，春天到郊野挖过野菜。那时母亲以"右派"的身份，暂时由一处劳改地回家。分离后的团聚，真是一些快乐的日子。和母亲、妹妹走在田野上，四望空阔，脚下随处有生命萌动，一时像是要被鼓荡在高天厚地间的春风飘浮起来。可惜好景不长，不久母亲又被勒令到另一处劳改，家里复又冷清，留下了父亲、妹妹和我。那时常吃的野菜，记得有灰灰菜、芨芨芽、面条菜之类；还有一种名字有点怪，与我的乳名相近，叫"毛妮棵"，后来再没有听说过。去年春节回家乡过年，竟在农贸市场上见到了久违的芨芨芽。眼下的消费者，买这种东西，才更是尝鲜，或者竟是时髦也未可知。

由那座黄河边上的城市来到北京，见到的依然是灰黄的冬日，冬春两季滚滚的黄尘，与如此吝啬的转瞬即逝的春。对春的消息，也仍如儿时似的敏感与兴奋，会匆匆地和丈夫赶到广场看风筝，到公园搜寻新绿，仍然有几分紧张，如恐不及。似乎要数着日子，仔仔细细地过，才对得住这点春色。南国的生命太繁茂，在我这样的北方人看来，近于挥霍。或许要在北方的荒寒中生活过的，才更懂得生命、绿色的价值？我猜想也因此，这灰黄的北方大地，这土地上的生的挣扎，对于来自南国的游子，会有一种精神性的吸引。鲁迅当年由广东籍画家司徒乔的画作中，就读出过这一种"北方迷恋"："在黄埃漫天的人间，一切都成土色，人于是和天然争斗……"较之司徒乔所作的更本色的南国风景，鲁迅说他"却爱看黄埃，因为由此可见这抱着明丽之心的作者，怎样为人和自然的苦斗的古战场所惊，而自己也参加了战斗。"（《看司徒乔君的画》）我乐于听这样的话，尤其出诸南人之口的——我毕竟是在这荒寒中生长起来的北方人。

写在冬日

每当秋意渐深，总会意兴萧索，有对于漫长冬日的畏惧。残留在枝头、在日见凛冽的风中抖索的，在行人脚下碎裂的枯叶，会令你适时地想起古昔那些关于秋的感伤的文字。你尚来不及吟味，一场场大风过后，冬就真的来了。

其实冬自有它的美，尤其北国的冬。郁达夫由北京胡同中的冬日，读出了"北方生活的伟大幽闲"（《北平的四季》）；鲁迅更由北方蓬勃的雪，发现了蕴藏在酷寒中的力（《雪》）。北国的雪在鲁迅的笔下，激情喷薄，宛如冬之精灵。那是另一种生命的张扬，非强有力者即不能如此生动地感知。我想，不会再有更生动的有关雪的描写了。近年来虽因困守书斋，渐失了对于时令的敏感，却也会在风雪之夜由书桌边起身，倚着窗看对面楼下路灯处晶亮地闪烁飞动着的急雪。

冬之美自然因了雪。俨然大自然遵循了"简约"这一原则，雪使世界减却了层次，如国画技法的"留白"，生活因之而单纯化了。丈夫曾在飞机上，俯瞰过俄罗斯的雪野，震撼于那单纯与阔大，说无垠的雪上，一簇簇的黑色，是森林。我相信正是俄国文学，培养了几代人感动于荒凉阔大之境的能力。在我看来，当人类生活日趋复杂之际，感受单纯与阔大，不妨作为值得珍视的精神能力。只有在冬季，你才能看到天地因青白一色而透明，领略雪霁时分的清寂空明。有时真的需要空旷寂寥，需要这空寂之境以便沉淀、澄清，或者竟什么也不为，只为了享用寂寞。冬意味着敛抑。人如同需要精神的发越，也需要敛抑——这样说或许是对自己习于敛抑的解嘲？

冬的美或许真的要有这样的心境方能领略。还记得看到过的一帧苏联的明信片，深夜的城市街头，雕像上覆盖着雪，似有极深的静，正弥漫开去。尽管已久居京城，我还不曾细读过这城市的冬，所怀念的仍然是乡村的冬日。雪野，连天接地一色的白，灰的是车辙和鞋印，深黑的多半是水。走到近处，或许能听到细细的冰碴碎裂声。我插队的地方，乡民是不作兴大白天关门闭户的，否则即有行为诡秘之嫌，甚至会引起关于房事的猜想——村里的女人们尤其不缺少这方面的想象力。因此你随便去哪一家，哪家的门都洞开着。或许门槛内正拢着一小堆火，是用麦后刨出来晒干的麦根点燃的。也有的人家舍不得那点麦根，门内由雪地踩进来的鞋底湿成了一片。

童年的冬天也值得怀念。那时的冬冷得多了，屋檐上垂挂着冰溜子，晴日里就滴滴答答地淌着水。孩子们会趁大人不留神，偷偷将冰溜子掰下来吮。教室里像是不曾生过炉子，记得不止一次被冻得哭出来。课间休息时，同伴们顺墙排成一溜，一个使劲挤着另一个，叫"挤暖和"。还有一种叫做"斗鸡"的游戏，对斗的两方各搬起一只脚，单腿跳着，相互用膝盖顶撞取暖。

那年月穿的棉袄棉裤多半是家做的，臃肿不堪。我的走势不好，棉鞋常被穿得后跟开线，崴得鞋帮踩在地上。课间上厕所，冻僵的手总系不紧裤带，急得要哭出来——其时人们大多还用的是布带。吴亮策划的那套《日常中国》（江苏美术出版社，1999）到手后，尚未及仔细翻阅，打开第一册，《五十年代老百姓的日常生活》，一眼看到那幅有着三个小妞的背影的照片，就不禁失笑。那正是我自己当年的模样。不但那些小妞的动作、衣着，甚至她们周遭的道路、房舍都似曾相识。

这漫长的冬季里仅有的期待，自然是新年与旧年。我的大半生中，唯有中学时期的新年值得怀念。写到这里，像是即刻嗅到了校园中氤氲着的节日空气。那所中学有位能干的音乐教员，也如近20年的中央电视台，每年早早就投入了排练，因而差不多总能有一台像像样样的新年晚会，直演到午夜，以便听新年钟声而欢声雷动。那一晚还另有游艺活动，比如猜灯谜，你可以指望领一份奖，一小袋花生和几块糖果。我于猜谜素无灵感，却也猜中过一回。还记得那谜面是："当西方世界还是黑夜的时候"，谜底则是我读过的一本苏联小说的书名——《我们这里已是早晨》。高一那年，新年恰轮到我和另一个女孩值夜，就穿了厚棉衣在校园各处巡视，还曾背靠着背坐在班里园地的田埂上闲聊，到后来才发现班主任老师就站在不远处。因了是在新年之夜，那个夜晚，那些田埂上的闲话，都像是很美好似的。

又是岁末。据说这个新年别有深意，我对此却钝于领会。窗外正飘着细雪，是这干旱的冬天的第一场雪。尽管在灰黄的背景上，那雪并不显得洁净，仍不期然地记起了一些琐碎的旧事，就将它们写在这宁静的冬日里。

母校

"母校"并不是我习用的字眼；我之避用这说法，是因为嵌在其中的那个"母"字，预先将对象神圣化了。宗法社会将"母"神圣化，又以这神圣赋予被认为相关的其他事物，使其也成为不容亵渎的——我厌恶这种强加。在我看来，神圣化使我们的文学在遭遇"母"这一对象时，往往显得肤浅而虚伪；因此如张爱玲的《金锁记》这样的作品，只能出自不世出的才人之手。有关的经验未必是稀有的，只不过这类经验在其他人，很可能在尚未获得形式时，就被先在的概念给压杀了。

但我仍然标出了这题目："母校"。

这字样让我最先想到的，总是那所中学，那所位于城市边缘的中学。这里原是一所大专，又在郊区，校园极空旷。我和妹妹先后考入这中学，相差三个年级。这学校在当时，也应勉强算作贵族中学的吧，但比起我与妹妹上过的那所贵族小学，寒碜得远了。至今仍能教我们笑得前仰后合的，是那学校生活上的种种不便，比如每天早晨的抢水。直到我打那所中学毕业，校园都没有自来水；洗浴用水，靠的是水车。清晨或黄昏，高高的井台上，照例有一番热闹：推水车的吱呀声，脸盆的碰击声，以及凡女孩聚在一处时少不了的叽叽喳喳。冬天的抢热水，更如同打仗。不等起床铃响，就要直奔远处的热水房，待到排在队里，才来得及将脸盆夹在两腿间，用最快的速度梳头。抢到了水，又用同样的速度飞跑回宿舍，再飞跑到操场。这当儿你会迎面碰上身材高大的校长，正站在路口厉声呵斥。

1964年中学毕业时

所谓"贵族中学"，只是指生源。这所学校因系大学的附中，集中了较多的本省干部子女。但地方穷，当时风气又朴素，干部子女似不大能由外观辨认。而那所寄宿小学，条件要稍好些；名为"育英"，确也是那一时期干部子弟学校的标准命名。只不过我和妹妹进入这小学时，收生已不那么严格。我们自然是以平民子女的身份入校的。

两所学校不同的，还有空气。我小学毕业时，正值狂热的1958年。但那种时代空气，尚未彻底充斥这学校。我小学毕业前遭遇的最大不幸，是因母亲划为右派而被宣布罢免了少先队大队长的职务。你或许不大能想象，这对于一个孩子，是怎样的打击。其实在当时的我，最不堪忍受的，倒是罢免之前的那段一切都暧昧的日子。同学古怪的目光，背后切切察察的私语。待到处分宣布，我的处境反而因之一变。我又回到了友善之中。现在想来，那自然因了孩子的纯朴，也应因了这小学校及其中的师生尚未被政治偏见侵蚀。此后十几年间的政治空气，是由那所中学开始领略的。那种空气不止损害了持有偏见者，也同样损害了承受偏见者，使他们的心性各有了不同的缺损。

在这个当时以"左"驰名的省份，如"大跃进"这样的运动，也要比之他处收场得迟些。因此我和我的同学，来得及感受劳动之对于人的承受力的考验。尤其令我生畏的，是定额，如割草100斤之类（甚至有过每天长跑几十圈、挖蝇蛹若干两一类的定额），让我在梦里也心惊肉跳。比这一种负荷更沉重的，自然是所谓的"出身"。直到现在，我仍能触到自己身上的贱民印记，是被用了火烙上的，再也不能刮去。隐蔽的自卑在我，又以狷介出之。狷介是对压抑的反弹；而这一种对命运的抗拒，却似乎只为了造成抗拒者自己的"残"与"畸"。你在反抗中永远地丧失了"故我"。当压抑解除之后，你已注定了不可能复原。我自然不会忘记在中学期间日益发展的乖戾，对我当年的几位老师的涵养怀了一份钦佩。

在那所中学，我度过了"反右"后的政治压抑，度过了举国若狂的"大跃进"，度过了"大跃进"后的大饥荒。超负荷的劳动，是严酷的一课。饥饿，是更其严酷的一课。接下来的，却是与狂热的劳动同样狂热的争高分、争升学率（那是"文革"中所批判的"资本主义复辟时期"）。苦行，自虐的癖好，都得自这一时期的训练。在一个似负有某种政治债务的人，自虐，也是其自赎的方式。肉体的痛楚，有时也真成了精神的疗救。当自虐已成需求，你会并非必要地自苦，你会如同寻求体验肉体痛楚一样，寻求体验精神的痛楚——虽然我自以为并没有所谓的宗教倾向。

但正像你在蹩脚的小说里读到过的，即使在没有花的花季，青春也是终要绽放的。在反右、跃进后的政治松弛时期，我长成了一个大孩子。我还记得那种不知其所自的，像是毫无来由的忧郁，那如春水泛溢般的忧伤的爱意。还有那像是突如其来的对自然美的渴慕。一带平芜，数点疏影，更不必说花之晨、月之夕，都会唤起不可言说的柔情。又因不可言说，而更孤独得甜蜜而又忧伤。

在那个年龄，也如其他爱好文学又心性柔弱的女孩，是常要偷偷写一点缠绵凄恻的文字的，写着写着，先自被感动了——亦所谓"情生文""文生情"。经了岁月，经了"文革"，当年所写，已片纸无存。即使真的还有，也会羞于去读的吧。前几年翻一位颇被少女们崇拜的台湾女作家的集子，竟读出了做作、矫情、表演欲，真中见假，觉得格外地不舒服。友人提醒我，这是年龄。我自然也明白，"分"、"度"，节制等等，与其说出于教养，不如说更关血气的盛衰。在如我当年那样的少女，情感的夸张以至蓄意制造故事，只消视为一种尚幼稚的"创作"就是。

正当此时，古诗文为上述激情提供了一种出口。甚至枯燥乏味的语文课，也偶尔成为可爱的。将《过秦论》或《出师表》背诵得铿铿锵锵，实在是一件愉快的事。语文课本已不能令我餍足，于是有《历代文选》之类，一篇篇地背下去，不求甚解——因不求甚解而更易于有模糊的激动，也如后来听我并不懂得的西方古典音乐。我其实是被自个儿的幻觉给迷住了。更令我心醉神迷的，自然是古诗词，尤其宋词，无论柳永的《雨霖铃》，还是绝不相类的辛弃疾的《水龙吟》。倒像是，某种沉睡已久的感觉与感情一旦苏醒了。夏夜，明晃晃的月光下，有男生大声吟诵着"想当年，金戈铁马，气吞万里如虎"，走过女生宿舍窗下。此刻在遥远的北京，正酝酿着一场将决定无数人命运的运动。而那运动与这所被"升学率"所颠倒的中学，与这月光与诗，都像是毫无干系。它太遥远了，在这文化荒僻的中原，这一班少年，竟不曾察觉到脚下些微的震动。

此后不久，我即为这迟钝付出了代价。这是后话。

那是一节化学课。阳光斜射在课桌上。午后的课，总令人昏昏然。似全不经意地，我看着自己的手臂。那极细密的纹路，反射着阳光，亮晶晶的。我像是第一次注意到自己的肌肤，注意到那细致与柔滑。我只是久久地注视着，似无所思，无所感。但奇怪的是，事后却记住了那注视与感觉，虽然一切都朦胧，意义未明。

当心境日见冷淡与苍老，你不难知道你早已永远地失去了什么。虽然你保留了当年的对"内心生活"的沉溺，对心造之境的沉溺，但这已全不是诗意之源，它只意味着你的无用，你的缺乏应世能力。它多半是你的累赘，是你企图摆脱的一份负担。

听说母校已变得让人认不出了，还曾得到过当年的班主任去世的凶讯。我自知内心深处有某种冷酷的东西，阻止我的重访与回首，却终于未能禁抑写的诱惑——这非但回首而且长长的一瞥。我告诉自己，你真的老了。

回想高考

2001年高考过后，有人来为一本题作"难忘高考"的书约稿。我1964年的高考经历并不那么难忘，否则自己或许已经写到了。既来约，也就回想了一下。回想于参加高考将近40年之后，应试当时的感受早已淡忘，只记得其时也如常的热，怕汗湿了考卷，就用了手绢垫在腕下。六年小学，六年中学，算得上身经百战，因而像是尚能镇定，并无"临场发挥"方面的遗憾。考试后走在校园里，迎面遇到的老师，问到考得如何，都会意似的微笑着，像是料定了必能考取似的。这之后就安心地度暑假，直到录取通知书到手。

离校前有一个告别晚会，在校园中举行，排了课桌在树下。记得那晚有莫名的忧郁，怏怏地伏在桌子上，与同学有一搭没一搭地说话。晚会上有仝姓男生的表演。这男生吹得一口铜笛，每有联欢一类的活动，照例被邀来献艺。我其实不知道这同学考得如何，结果总不会理想的吧。其时同学们似乎都知道，这男生的父亲是所谓的"历史反革命"，似乎他的母亲已与父亲离婚，但人们仍以其为某种子弟，并非就能如所期待的那样脱清干系。我与这同学不同班，平时也不曾特别留意，印象中很沉静的样子。他父亲是两年后即"文革"初期自杀的，由我父亲执教的那所大学的教学楼上跳下，一前一后跳下的，另有一位老人。似乎此前已有红卫兵的"勒令"，他们将在次日被遣送回老家，这是留在学校的最后一夜。事件发生后我曾猜想，这两个绝望的老人，在决定自杀之时一定有过交谈，只是人们永远不可能知道，那是一种怎样的交谈罢了。正是盛夏，老人坠楼时不少人尚未入睡。据说人体落地时发出的钝响，如两袋重物，住在楼上的红卫兵竟一时反应不出发生了什么事。

　　话说远了。关于高考，真正难忘的，倒更是高中三年为了应试的苦读。初中时期，正在"大跃进"及其后的大饥饿中，几乎没有学多少功课，升入高中时，中学教育已回复故道，"升学率"日甚一日地得到强调。你终于有可能由功课的方面，找回因"出身"而备受打击的自信，但学业的压力随之而来。因了初中时期风气的"左"，和高中功课负担的重，我对那所中学，至今心情复杂。那是我度过了所谓"花季"的地方，记忆中自然不可能全无"美好"，只是不免被斑驳的阴影遮蔽罢了。

　　本来读的就是寄宿学校，高中三年的寒暑假，是在学校度过的。还记得夏夜，与同伴一道，去附近的一所干部学校看露天电影《怒潮》，迷上了片子中的插曲，回到学校后还记了谱，唱得如醉如痴。冬天则与留在学校的同学，将课桌围了火炉坐着，各自复习功课。那时的冬季比近些年冷多了，半露天的厕所一地厚雪。我那时的记忆力似乎还好，未曾列入课程的《世界历史》，几乎将一套课本背了下来。我是个钝人，缺少灵气，只能靠死记硬背；刚入高中时，甚至数理化也用背来对付。也偶有轻松的时候。高三那年寒假，春节前后由学校穿过几乎整个城市回家，路过市中心最大的新华书店时，买到了一本心爱的电影连环画。那天似乎出奇地晴暖，满街流淌着融化的雪水。我走在街上，随手翻着那本连环画——不但当时的心情，而且对空气的感觉，似乎都留在了记忆中。

　　临近高考时，气氛紧张到了极点，宿舍熄灯后，还有同学在走廊上甚至厕所里准备功课。我还不曾拼到这程度。或许出于信任，父母对于我的考学，并没有表现得特别在意。只记得一天黄昏，父亲与妹妹提了饭盒来，还带了西瓜，坐在校墙外一处僻静的地方，看着我吃。还能回想起当时那种不自在的感觉。那年月似乎没有家长送考生、在考场外"陪考"的事。我已忘了考试过后父母有什么关切的表示，大约也如平常那样问了问我的感觉，如此而已。

在那所中学，我是所谓的"全优生"，教数理化的老师，自然希望我能考理工的，我却毫不犹豫地选择了文科。姓胡的副校长问过我，报考文科是否征得了父亲的同意，我说，父亲要我自己决定。那是1964年，敏感的人们已得知了风雨欲来的消息，甚至我的一个长辈也提醒我，是否不要考距离"意识形态"太近的文科，我却没有这样的先见之明。那时的我，是个自信而任性的孩子，是不会轻易为异议所动的，此后也不曾后悔——即使不十分明白自己能做些什么，至少我清楚自己不适于做什么。至于报考北大，则出于班主任老师的鼓励，我自己本无此自信。自觉不如人，即使入学报了到，在一段相当长的时间里，仍感到不适。这已与本题无关，就不去说它了。

至于较之仝姓同学的幸运，则有一些复杂的原因。功课好是一项：其时那个学校的师生，还没有来得及脱出对于学习成绩的崇拜。因了1957年后的挫折，升入高中后，在相对宽松的政治环境中，我有了一种"愤世嫉俗"的倾向——也应与"青春期"有关的吧，老师对我却极其迁就，毕业前为保障升学，甚至动员我入了团，评语（推荐意见）据说也写得相当好。这或许应当归因于那个时期对"升学率"的强调。当然也不尽然。"文革"前社会空气日甚一日的政治化，对于这中原城市的影响，较之大城市晚了一步，而我的老师中，有一些原是父亲的学生。那时同属有"出身"问题的学生，也是依了问题的大小被区别对待的。"摘帽右派"（我母亲）较之"历史反革命"（仝姓同学的父亲），是较轻的罪名。我的其他同学中，功课好而没有机会升学的，多半与此种"原罪"有关。进入北大后，发现同班同学中，多半有着"工人""贫下中农""革干""革军"一类"响当当"的好出身，对于自己竟然混迹其间不免暗自惊异——这当然是要感激那所中学、那些老师的。

回头来想，较之近些年的中小学生，我的青少年时代仍然有其幸运。读小学时不曾背过那样沉重的书包，放学后、假期中，是有足够的时间玩的，因而读了一些所谓的名著。即使中学的苦读，主要也出于自觉，并没有来自学校、老师方面的逼迫。其时尽管也有升学压力，却仍不像近些年的大；不能升学的同学，不难找到合适的工作。而缺少来自物质方面的诱惑，也使得学生生活较为单纯——我以为这未见得是坏事，尽管不便因此而将"匮乏"诗意化。

不知我的吹铜笛的同学现在在哪里，我的那些因为"出身"而与高校无缘的同学，是否各有一份过得去的生活？

"有美一人"

——《读人》续记

　　在题作"读人"的一组随笔中，我曾写到对于人的姿容、仪态的鉴赏。之所以想到写这些，是因为我发现，我们通常所认为保守刻板（尤其伦理意识）的古人，在鉴赏同类时，有时心态远较我们更正常也更自然。顾炎武据说其貌不扬，但关于"美色"却有不俗的见识。《日知录》卷三"何彼秾矣"条，就以孔子删余的《诗》为例，说古人并不讳言女子的姿容之美，"岂若宋代以下之人，以此为讳而不道乎！"其时的另一大儒王夫之，在这题目上也见识通达。《诗广传》卷一径直说，"姿容非妨贞之具"，所针对的自然是"宋代以下"道学空气中的虚伪不情。他还感慨道："愚哉！庄生之言天全也！必哀骀它、叔山无趾而后为天全也，则天胡不使之为纵目乎？""天性者，形色也。弃天之美，以求陋谰樗栎之木石，君子悲其无生之气矣。"可见近代以来（尤其革命年代）美色之为禁忌性话题，正是得了

"宋代以下"道学的真传。

至于《诗》，确有关于"色"的极精致的形容。即如"巧笑倩兮，美目盼兮"，就实在很美，诱你去想象那双灵活转动着的黑白分明的眸子。有时真的想看到一对如此清澈的眸子。《诗》之后自然有的是关于女性容貌的描摹，却总觉不若这寥寥的几个字有想象的余地。

生当现代中国，如阮籍似的卧邻女之侧不消说已迹近流氓，而如果一位男士恭维妻子之外的女子"你今天真美"，准会被认为有病的吧。较之对异性的鉴赏更其敏感的，或许竟是对同性的鉴赏。因而见诸古人文字的男性之于同性的激赏，每每令我有一点感动。即使在正史中，你也常常可见"美丰仪""美姿容"一类字样。记得有一回我读到关于其人"眉目如刻画"的形容，竟停顿了一下，想象那"如刻画"的，该是怎样的眉目，并搜寻记忆，看是否见到过有类似容貌的人物。当然，你对此可以由古代中国的同性恋文化来解释，但却不便将对于同性的鉴赏赞美，笼统地划归"畸恋"一类。我倒宁愿认为，我们的古人对于人的美，更能保持较为纯粹的鉴赏态度，更坦然大度，也更有为细细地"读人"所需要的余裕。

由此我想到了自己关于女性之美的较早的经验。

我读初中的那段时间，那所中学有差不多一半校舍，仍然被一所将要并入他校的艺术专科学校占据。走在校园中，会听到艺专的那一半平房中传出的钢琴声，和练声者唱音阶的声音。那所学校有几个漂亮的女子，常常为我们这班中学女生的目光所追逐，并依目测所得的顺序，分别戏称为"大俏""二俏""三俏"。"大俏"体态丰腴；"二俏"肥瘦适中，有着一张轮廓鲜明的脸，据说曾在艺专排演的《刘三姐》中出演主角。我不曾看到这戏，还曾惋惜不已。"两俏"作为女人，在我们眼里都已过分成熟。"三俏"则是个青春焕发的少女，有着淳朴的不张扬的美，看上去像是更可亲和——当然我们谁也没有去试图亲近她。"俏"们想必也风闻过中学女生关于她们的说法，却仍然神采飞扬地在我们的注视下联袂而过。中学自有风气——那正是"大跃进"年代，以不修边幅为时尚——女生们没有人仿效艺专女性的着装，但我猜想在我们当时的年龄，三俏们仍然提供了一种有关仪表美的启示，对于我们中的有些人，甚至还可能有一点开蒙的意味呢。

那期间还看到过其他当时以为极美的女人。比如一次上学时，在一所农学院门前的马路上，一个像是中西混血的笑容明亮、腰肢健壮柔韧的女子，就曾如一道阳光似的令我心神愉悦。此后行经那地方，会期待着再看见她，却从此不曾见到。

无论小学还是中学，或许出于对自身柔弱、不成熟的意识，低年级学生对于高班学生，往往怀了点莫名的敬畏。在一年新年晚会上，一个陌生的高班女生令满台生辉。其后的一个薄暮，我在教学楼下拐角处与这女生蓦地相遇，一眼瞥见的，是那张美丽的脸的另一半，竟灰黑如荫翳，给这脸敷染了一层阴森以至凄厉。以此种方式并置着的美与其残缺，令我有瞬间的恐怖之感。事后我怀疑是否真的有过这迎面的相遇。倘若果真如我所见，那确是我至今目力所及的美艳绝伦的脸，尽管只有半边。只是到了较远的后来，才想到，拥有这毁损了的美貌的女孩，还能否保有一个正常的人生？那毁损是否也因了出常的美貌？这张脸可能有着怎样曲折的故事？此后无论在教学楼下还是在学校的舞台上，我都未再见到这女孩。或许她只是匆匆而来又匆匆而去，打我的生活中一擦而过，却也因此成了我少年时代的神秘经历之一。奇怪的是当时的我像是并无好奇心，比如打探一下这女孩的任何消息。如若那时的我有深思的癖性，或许会震惊于造物之于人的残忍，甚至生出某种"无常"、虚无之感的吧——也像是全无这类思路。但那擦肩而过时的匆匆一瞥，却注定了久远地保存在记忆里。

　　阅世如是之久，看到过的面孔已无以数计，能记住的却寥寥无几。甚至相处过一段时日的，其形容也在时间的磨蚀中渐就模糊。却有几个似不相干的身影，历几十年而仍有存留，这是否也属于你与斯世的一种"缘"？

另类

　　我已不能准确地记起，自己是什么时候有了"出身"这概念的。或许并非在"反右"之后；只不过"反右"使我获得了一种身份——"右派子女"。"出身"的严重意味，肯定是到了这时，才被深切地领略的。此后发生的事情略有一点戏剧性，即在那时常常要填的诸种表格中，起先在"出身"一栏填的是地主——依据的大约是后来所谓的"查三代"的原则，到中学毕业前夕（想必与高考有关），如同施了某种小小的诡计，随大流地将"地主"改成了"职员"。这种小伎俩自有被拆穿的一天。记得"文革"最热闹的那段时间，躲在宿舍里听外面的辩论会，就听到了如下问答：（众声喝问）：什么出身？（答）：职员。（众）：什么"职员"！滚下去！那之后，在诸种填不胜填的表格上，我也仍旧填我的"职员"，却总像是有点鬼祟。而在这过程中，有了心理症似的对此种表格的恐惧，填写直系、旁系亲属的"政治面貌"一栏，总令我有当众受辱之感。我始终不能在这种事上麻痹自己，将此视为惯例而处之泰然。

也不记得打从何年何月起，这类表格竟少了起来，而且其上渐渐隐去了"出身"一项。我想最初我肯定会有被大赦似的庆幸的吧，奇怪的是，竟也并无此种记忆。此后的事态发展更匪夷所思，我的姊妹中竟有了不止一个党员，且有人从事过"党的工作"，而我记得我的这个姊妹是连入团也曾大费周章的。时至今日，我们自然早已适应了新的身份与处境，无不心安理得。"忘却"这一心理功能实在是上帝之于人的一大赐予！因而当今年劳动人事部的"履历表"发下时，我竟像是猝不及防似的，有时间倒转之感。当然那种感觉只是瞬间而已。

在上述变化发生之前，我也曾像同类那样，被不断地告知应当"划清界限"，更严重的说法是，"背叛家庭、阶级"，较温和的告诫则是，"出身不由己，道路可选择"。我的姊妹在选择配偶时，无不以"好出身"作为一种即使不明言的条件。只是到了我以大龄青年而与后来的丈夫相遇，在听了他极坦白的自我介绍后，竟因了曾同属"另类"而放下心来。时值20世纪七八十年代之交，人的思路有了如此微妙的不同。与他相熟起来之后还发现，这两个绝无机会相谋者，竟做出过同一决定，即不要子女，以便"消灭剥削阶级"。

其实即使风水转换也可能是积渐而至，只是人们往往不大察觉罢了。就我的经验，那变化的契机正在将"出身"强调到了极度的"文革"中。大约是"文革"中后期吧，我突然领到了一种身份，"可教子女"（全称为"可以教育好的子女"，出自伟大领袖的一条"最新指示"）。

当时北大正在京郊平谷县的山区搞"教改"，被认为属于这种身份的同学，被军宣队召到了一处"落实政策"。由我看去颇有点讽刺的是，这当儿和我待在一起的，正有几年前还视我为"另类"者。我猜想他们一定会为与我归入了一类而感到耻辱。有趣的还有，这些被"落实政策"的子女们像是全无感激之意，倒都有点悻悻。甚至如我似的老牌"黑五类子女"竟也不安分地想：凭什么说我们是"可以教育好的"，难道他们都是不必教育、天生革命的？这"可以教育好"岂非认定了我们本来不好？

在某种意义上，"可教子女"也如"敌我矛盾按人民内部矛盾处理"，是"文革"中所发明的像是意在"解脱"却使当事者备感屈辱的名目；有理由认为使对象受辱（亦一种隐蔽的惩罚）正是动机的一部分。我们这民族从不乏将人分类以及命名的艺术，也是一种"语言智慧"吧，上述构造精致的语言材料即可资证明。这类文本到了现在已必得详加注

1966年"文革"初期二姐在北京

释才能为年轻者读懂，我却认为包含其中的意味，即使再详尽的注释也不可能传达。

"出身"作为问题在"文革"中的经历，还远为复杂。即使有过大量迫害的例证，同属"另类"者的"文革"记忆也仍不妨互有不同。他们中的有些人，甚至可能体验过某种

"解放"之感。在我的经验中，正是混乱与破坏，给了他们这稀有的机缘。我的相册上保存着二姐"文革"初期在天安门前私自戴着红卫兵袖章拍的照，摆着当时最流行的姿势（我认为那姿势由二姐做来，特别的帅），将小红书抱在身前。那袖章我只在她的这张照片上见到过，也无从猜测当她将这袖章戴在臂上时，有没有类似"浑水摸鱼"的不安。多半没有的吧。二姐是我的姊妹中最单纯的一个了。此后大规模的"串联"中，她和我的妹妹更大着胆子，走到了尽可能远的地方，据说所到之处并未遭遇与"出身"有关的盘查。由于某种身份自觉，我没有参与"串联"，我的姊妹也不曾想到有可能邀我同行。只是她们自己现在也未必说得清楚，她们在行旅中享受与"红卫兵小将"同等待遇，是否就真的心安理得，有没有过"鬼祟"之感。

　　"派仗"也属于此类机缘。据我所知，"文革"中各地的派仗，那个被对手以"大杂烩"攻讦的组织，通常即所谓的"造反派"。"大杂烩"自然指成分的不纯，"藏污纳垢"。这固然因"造反"者对秩序的蓄意破坏，也往往出于实用的目的，即招兵买马（亦对手所揭露的"招降纳叛"），扩充实力。无论如何，这给了你混迹"群众组织"的机会，你终于有了一个可以公开亮出的身份，"××革命群众组织成员"。尤其令人玩味不已的是，"革命"二字。非亲历者绝对不可能想象这身份对此类人的意义。他们中的有些人，"文革"初期为了证明"决裂"与"忠于"，曾将毛像章别在胸前的皮肉之上，当此时，即不惜为了这袖标而在派仗中从容赴死——那些甘冒矢石的勇士们尽管汇集在同一名义（"捍卫毛主席的革命路线"）下，却不妨骨子里有如上的不同。

提示上述差异未见得多余。我早就在担心笼统的判断正在使人各不同的经验、经历湮没不闻。何况有些经验，非亲历者固不能形容，即亲历者也未必能形容。"历史"大约就是这样，因不断的删繁就简终至于众口一词，像我在南方所见熏干且上了色的腊肉，永远失去了复原的可能。

至于我本人的身份，在"文革"中另有复杂性。事实上这"身份"究竟是什么，我直到现在也并不确知。这种神秘性才构成真正的威慑。到研究所工作之后听说，室里的一位同事，1957年"反右"后，带了某种身份被遣到外省，在被诸种用人单位一再拒绝后，他本人竟还不知情。这些应当是写卡夫卡式的小说的材料，记得也有人写过，只是终不能如卡夫卡作品的有力罢了。我们本应有"自己的"《审判》或

"文革"中期兄妹合影

《红字》，我们对那种情境、体验绝不应感到陌生。甚至还
不止于此；发生在我们这里的怪诞与荒谬，岂非早已抵达了
人类想象力的极限？

　　话说得远了。我还想说，你要在被划归"另类"的境
遇中，才有机会体验被遗忘之为幸福。哥哥曾说起当年他在
"牛棚"时，宁愿在大冷天被派到远离单位的地方干活，因
为这样他才能将棉衣连同缝在上面的"牛鬼蛇神"的黑袖标
剥下，哪怕要为此而狂奔取暖。我也在这过程中，喜欢上了
走在全然陌生的地方、陌生的人们中，只为了被遗忘，同时

遗忘（被身份符号所指认的）自己。

因了同样的理由，我对两年的插队生活心怀感激。在那间借住的农舍里，我与临时凑成一家的几个大学生，在乡民眼里是平等的。在那段时间里几乎没有以我为另类的任何提示抑或暗示，竟至使我忘乎所以，直至"再分配"那一天到来，才理所当然地由幻境堕回了现实。我还能记起那被重新指认时的绝望，心灰意冷。与可疑的"身份"一起的，另有其他暧昧的传闻。我也在这时才得知，发生在"文革"前夕的自杀事件，已被调制成了极合大众口味的故事。一个分配在公社卫生院的医科学生，将她听到的关于我的谈论告诉了我，那神情态度中既有怜悯，又有牵连受辱似的嫌恶。这之后的一些年里，这种指认还发生过；我甚至由知交的脸上，也读出过怜悯、疑惑与嫌恶混杂的神情，而我也仍如"再分配"时那样，整个心颤栗不已。

在前不久所写的散文中，我写到了那次分配期间逃亡似的经历。当日的目标，只是逃回父母所在的郑州；所欲逃离的与其说是乡村，毋宁说是当地之政治环境，即有可能因出身与流言而将我窒死的环境。到此时我已失却了乡村之为伊甸园，因劣迹昭彰而无从隐匿。我的师弟解释他对北京的依赖，说北京毕竟是个大一点的水池。对于当时的我，郑州也如此。直到现在，赴诉无门的不仍然是农民？

其实我已不便用"另类"这模模糊糊的说法，将我跟无以数计的更不幸者归为一类。我毕竟考取了北大。这差不多剥夺了我抱怨、诉苦的权利——尽管我写作本文的目的并不在抱怨或诉苦。20世纪70年代末重返北大后，到住在京郊的朋友家做客，她是云南人，曾在北大文工团与我同操乐器。坐在她家附近的山坡上，听她谈到一个志在科技且极富才华的友人，因出身而被分到了不相干的大学，一次郊游中，水性极好的这年轻人，竟头也不回地向滇池深处游去。此后亲友将他葬在高压线路下，高压输电线即其时所能找到的"科技"的象征。这故事让我脊背发凉，悚然于那"头也不回"的冷静决绝。但细细一想，这自杀也不免奢侈。更多的同类甚至不能得到这样的自杀的理由。

"出身"这概念已然陌生，或许我们的后代再也不会有如我所写的噩梦。写了这句话后，我并不真的就这样乐观。不是又有了新的等级与新的歧视？只不过"大款""白领"以及永在金字塔尖上的"高官"替代了"革干""革军""工人""贫下中农"。还有层出不穷的新的"类"与

"另类"——即如"特困生"。我得承认，这种名目总让我看得不舒服。清初的唐甄说到过施舍的艺术，说的是"君子之处贫士，惠非难，不慢为难"；"不慢"方可谓"善施"（《潜书》上篇《善施》）。可惜此义已不大为今人所知了。我无法设身处地地体验"特困生"的感受，只是怕那种大张旗鼓的宣传，公布其名单甚至照片，正包含着"慢"。我以为总应当有更好的办法，顾到受惠者的尊严。这是一点多余的话，姑且写在这里。

寄宿

　　不妨将"寄宿"看作一种生存状态。它也确实是被这样看待的，比如在国外写寄宿学校的小说里。那些小说往往将这类（通常为修道院所办的）学校之戕贼人性、扼杀童真，描绘得淋漓尽致。那学校几乎无不阴郁冰冷，散发着老处女的卧室的气味。我所读过的寄宿学校其实并非如此；但我仍以为那种环境尤其生活方式对于我影响之深，是我终自己的一生也难以脱出的。

　　我进入寄宿学校那年12岁，读小学五年级。当时家刚由开封迁到省会郑州。在胡同里疯玩惯了，刚住校时，真不能忍受那份束缚。上早自习那会儿，正应当是平时赖在床上的时间。在开封时用的是煤油灯，只觉得日光灯明亮得不大正常。那些尚未混熟的同学的脸，在日光灯下也像是一律神情呆滞。如同举行仪式，几乎每个早晨都要合唱同一支歌。或许也因了唱歌的时间，那歌始终令我反感，过了很久还记不住歌词。歌的大意是，一群孩子到果园玩，其中的一个偷摘了苹果（或其他水果），之后在老爷爷的劝导下承认了过失。歌有许多段，平坦而单调。我那些新伙伴们就惨白着脸，呆坐在那里，一段段把歌唱完。

更不可耐的，是每餐饭前的仪式。通常是饥肠辘辘的学生列队听训话。真弄不懂那些师长何以喜欢在那种时候发挥谈兴。听毕训话，进入饭厅，围站在餐桌边，要在听到了一声"开动"的口令后，才能进食。

我过了很久还不能适应寄宿学校。夜间坐在床上，听附近水洼处的蛙鸣，总有一点凄楚，会回想在开封时，与小玩伴坐在青石台阶上的自在。周末返校之前，多半会痛哭一场，绝望地期待着父母能把我留在家里。这之后，母亲将我和妹妹送出一段路，我们则要途经一个村庄才能回到学校。走过那村庄时，往往夜色已深。

读中学之后依旧寄宿，吃饭时却已不必巴巴地等着那一声"开动"——当时这学校没有餐桌，我们一直是蹲在地上进食的。仍然有早操、早自习和晚自习。到这个时期，我已对寄宿不再感到不便，甚至对这种生活方式有了依赖。有一个时期，学校依居住远近限定了寄宿生的名额，我竟为能重新住回学校而费了点气力。那多半出于实际的考虑，即更集中精力于功课。周日晚自习前赶回学校已成为必要的，因为只有这样才能使升学更有把握——其实这种动机也并不那么分明，在我，更像是为了返回"紧张"与"效率"。"紧张"与"效率"已渐渐成为一种需求。只是这时送我返校的已不是母亲而是父亲。朝着已是灯火通明的教学楼，我和父亲一起走过那条白杨夹峙的公路，直到校门附近。

读大学继续寄宿，之后是集体插队。直到在中学教书，才有过一间可以独处的陋室，之后又回到寄宿——人生本如寄。在如此短暂而如寄的人生中，尚要"寄宿"，且时间达十几年之久，是不是有点残酷?

寄宿中余裕的匮乏是双重的：空间的与精神的。你和他人几乎没有空间距离。你不能不时刻意识着你的邻人，为此不但要有动作、行为的约束与控制，而且要学习迁就与忍让。你学会了放弃自己的意愿，按捺自己的冲动，学会了克制、抑制。你更被训练了纳入严格的秩序、有"规律"的生活，养成了对钟表时间的尊重。你随时在拟定苛细的时间表。而你的几乎所有活动乃至动作都被事先安排了——生命经了细碎的切割，而且切割得极其严整。程式化与紧张感互为因果。紧张本由时间知觉造成，到后来渐成需要，非紧张即不足以进入"工作状态"。你需要由思维到筋肉的紧张，以便聚集起精力以应事。你为此而斤斤计较，习惯了以"有效工作时间"衡量生活质量。"充实"的概念则与"有效"合一，后者是前者的标准。只有"充实"才能使你在每日就寝时心安理得。你对于时间越来越节俭以至吝啬，你的生活秩序经了严密的安排，使"即兴""随机"成为不可能，你几乎不能承受任何干扰、变更、计划外项目。你甚至不能忍受无成效的思考；"成效"即形诸文字付诸论说的可能性。你的整个生活都这样地功利化了。

我其实明白不便将所有这些都归过于"寄宿"，但可以确信的是，"寄宿"参与了对我的塑造，而且是在不知不觉间、习焉不察地进行的。

那种密集的生存，自然不可能为"隐私"提供必要的空间，事实是你也并无此种明确的要求。对于所谓"隐私权"你闻所未闻。内心秘密的泄漏，只能是私人间的倾谈以及梦呓。于是你学会了节制的情感表露，习惯了向自己诉说——尽管这也未见得安全。写在中学时期的纸片都无存留，或许就是证明。唱歌是宣泄的安全而有效的方式，俄罗斯民歌，《外国名歌二百首》，电影插曲。你在那时就获知了"流行"的威力。因资源匮乏倒像是更易于流行：这或许可以解释那几代人拥有那样多共有、共享的记忆！

即使那个时期也仍然有"私人空间"。日常生活并非全然地政治化了。但毕竟有那样多的集体宿舍，集体食堂，有阶级斗争中的"群众监督"，直到胡同里弄的"小脚侦缉队"，使个人生活与公共生活的区分至少部分地失去了意义。你时刻意识着你的邻人，你隔墙的邻居，你集体宿舍中的邻床。隔墙有耳，"群众的眼睛是雪亮的"。而发现与报告"阶级斗争新动向"，是你的以及你的邻人的道义责任。那个时期，酒店里的独酌，集体行动中的独行，是不免会让人起疑的。"个人主义""自我中心"不论，即"不合群"也像是一种德行的缺陷。"个性强""不能密切联系群众"作为否定性的评语，在我中学时期的"家庭通知单"上常常可以看到。却也有过一次例外，通知单上写着的是"个性坚强"，竟令我大为感动。那位班主任是我们的物理教员，已在几年前去世。

也是在这过程中，你习惯了诸种"汇报""交心"。婚仪中沿用已久的，有"报告恋爱经过"一项，参与者无疑以为他们有权知晓那一些，最好有一点（以不"黄"为限）能令人脸热心跳的细节。对"私人通信秘密"的法律保护（？），在"阶级斗争"的名义下已成具文，于是有将莽撞的异性的情书上缴领导的壮举，流行着为了公之于众的"私人书写"——私人场合的写作时尚化，私人文体也随之而公共化了。

《天涯》杂志中的"民间语文"一栏所陈列的语文材料，足以帮助经历过那一时代者回忆自己曾经使用过的表达方式，比如在"私域"被极度压缩的条件下书写者对环境的意识，其近于本能的自律，对规范的遵循。

较之这整个社会环境对于人的塑造，"寄宿"的功能是否已可以忽略不计？

这个夏天与东京的近藤女士谈到20世纪80年代的中国电影，她说她最喜欢的是《大阅兵》，而我更倾向于《黄土地》。我知道她感兴趣的，是福柯式的批判主题，而我则宁愿醉心于对散漫、无始无终的化石般的文化的怀念，对一种不能由个人经验确证其曾经存在与否的"前历史"的"回忆"。我没有告诉近藤，士大夫式的田园生活之于我的持久的诱惑——只是我同时明白自己无力面对等级差别、贫穷。我的那种怀念与回忆中，是否也隐含着对于自己生活状态的怀疑？

福柯将十七八世纪欧洲采用修道院模式实行的寄宿制，作为其时权力对于人体支配、控制的一种具体形式，作为施之于人的"规训机制"的一个构成部分；但在我读中学的时期（以至今天），大约限于物质条件，"寄宿"在中小学并不普遍。中国并未在同一时期发生如福柯所写的那一过程。见诸各种回忆录，直到1949年前，大学生尚以公寓为更普遍的住宿方式，即使学校宿舍，其管理也是相当松弛的。更值得考察的，倒是由书院到"洋学堂"的变迁之于士子们的一般影响。"书院""私学"研究的兴盛是否也包含着反思的主题？书院那种弟子犹之子弟，师弟间如家人父子式的关系的消失（与此大致同时，手工业作坊的师徒授受也渐成陈迹），似乎应当视为一种重要的征象。当然，洋学堂、新式学校之间也仍有种种差异。如冯友兰的《三松堂自序》所写，罗家伦掌校时清华的军营气氛，与北大式的散漫就恰成对比。

在密集生存中，我没有放弃过对"一间自己的屋子"的向往，尽管全无形上意味。读中学时，在双人床上铺的蚊帐内，钉一幅小小的风景画，即将那蚊帐想象作自己的房间。更早的时候，甚至在纸上勾画过房间陈设图。但我现在的渴望独处，已不止指独占一方空间，还指暂时地忘却他人。我的好说"独行""独语"，正因难得这一种"独"——即使有了可供独处的屋子。我久已不能体验"忘情无我""物我两忘"的那种境界。"独"是处境更是心理能力。我曾写到过明遗民的"用独"。"独"谈何容易！

20世纪90年代初有过一次湖南之行，过后沪上一位小说家在写给我的短笺上，说她很理解我在长沙的最后一天拒绝参与集体活动，"只想自己待一会儿"。或许因了早年的训练，我至今也尚能过"集体生活"，只是常常需要"自己待一会儿"。前几年与友人一同在海南，会在旅途中设法作片刻的独处。记得那晚在"鹿回头"，看着钱君急促地问着"赵园呢"，打那头鹿下跌跌撞撞地走过，而我就待在台阶下的树影里。那片刻的独处在我，几乎是生存所需、不可或缺的。这种需求是否与早年寄宿的经历更隐蔽地联系着？

示众

曾有友人告诉过我，早年由窗口看到宣判大会上当众枪决犯人的一幕，给予他的刺激之深。我不但未曾亲见过处决，而且直到"文革"中，才在家乡城市的一次大规模武斗之后，第一次见到尸体。躺在街头的，是个相貌端正的年轻人，大约是工人吧——那回一派"群众组织"攻打的烟厂，据说是对立一派的大本营。其时"大局已定"，"造反派"在当局的支持下将大获全胜，仗本可不必打的。事后看来，攻打烟厂更像是在"炫耀武力"。我和别人一起围观那尸体，不记得当时有异样的感觉。或许因那天天气晴朗，城市如常的平静。但想想也并无道理。太平世界暴尸街头，毕竟是不常有的事——更可能因为已见到过血，听到了太多的残酷的故事。

至于游街示众的场面，则看得多了。我故乡的城市中那些个"宣判大会"，为公众准备的最后的节目，即游街示众。你在这种场合可以具体地知道何为"五花大绑"，而那插在人犯背后的招子，正如你在戏台上所见，因而有一种古老的情调。沿途观看者最感兴味的，我猜想是临刑前罪犯的情态，即他们在死神降临之际的反应。人们期待的是死亡宣判引起的戏剧性效果，更具体地说吧，他们所要鉴赏的，是死亡恐惧——倘若那人并无惧色，则得到了另一种娱乐，提供了另一种谈资。我就见到过在警察的架持下顾盼自若，甚至用目光在看客中搜索的死囚。在这一点上，我及其他看客，与阿Q刑车后的民众并无根本的不同。

鲁迅曾一再描写示众与围观，尤致慨于"看客"式的麻木。其他民族有关示众场面的记述，与发生在中国的竟无二致。不同民族的经历，经验，在这里也如早期人类使用的耒耜，相像到令人吃惊。示众作为仪式，以惩罚（公开羞辱）为目的；在这种仪式中，公众是真正的主体，他们的反应、态度，是使惩罚生效的必要条件。至于我在"文革"中所见示众，其意图应更在儆戒——向潜在的罪犯示儆，收震慑之效。因而群众并非单纯的看客，他们还是施教以至警告的对象。在这种场合，他们的心理已远非"麻木"所能形容。

我已不能记起最初所见游街示众的情景。可以确信的是，"文革"将这种惩戒形式使用到了极致，在一个时期，几于成为城乡的"日常情景"。却也因当时的中国过分热闹，火爆的场面太多，游街一景，终于令人见惯不怪，多少减却了设想中的功效。

其时的游街，真可谓五花八门、花样翻新，足证我们的同胞的想象力。即如我家乡的城市，令著名戏剧女演员颈挂鞋子游街（强调其"破"），就是一例。父亲所在大学组织的游街亦别出心裁：那些被游斗者除戴了纸糊的高帽，被命敲着锣辱骂自己外，还被强令拔了草衔在口中（以完成"牛鬼"的形象）。有人找不到草，即命另一人将口中的草分出一份。遇到这古怪的队列时，我正抱着侄儿，这孩子的脸上现出了惊怖的神情。此后一直令我迷惑不解的是，这孩子缘何而明白了这不是游戏，不是恶作剧，而是惩罚，直觉到了这热闹场面中的残酷的？在那几年中，我不止一次由这孩子脸上看到了惊惧。我怕这一种幼年经验也会追逐他的一生。

"文革"期间的游街，那种绳牵索系的怪异形态，充满了对于被游者"非人"的暗示，而"牛鬼蛇神"这通用名称更坐实了其"非人"——不但赋予了"观看"这一行为以正当性，且令人有了观看猴戏、丑角表演的娱乐性。但其时的人们，已不大能保有为看客所有的局外态度，更无论为娱乐所需要的余暇。即使我的侄儿那样的幼童，不是也感到了恐怖？观看者的所得与其说是"娱乐"，毋宁说更是自己不在其中的庆幸或侥幸。那从所未见的遍及城乡的游街示众，已足以使多数人蒙受威胁，而这或许正是预期效果的一部分。"看客"这一鲁迅小说、杂文中共有的人物，其在近几十年间心态、神情的微妙变化，纵然睿智如鲁迅，也未必逆料得及的吧。

　　征诸中外历史，"示众"的方式决非游街一种。即如羞辱与肉体惩罚兼有的带枷示众，中世纪的欧洲也曾有过，只是不知是否有咱们国粹的那种能致死人犯的"立枷"。施之于对象终身的示众，则有刺字，古人称之为"黥"的，较之佩戴红字，有效得远了。而"烙"较之"黥"，应当更快捷便当。类似的想象力也为中外所共享。这一类惩罚的艺术，针对的是为文明人所珍视的"尊严""虚荣心"；对于受刑者，自然也是强化记忆的手段。"黥"与"烙"足以使羞辱永久化，唯死才能豁免。

　　效果略逊的，还有榜示，亦一种示众，且也如"缓释胶囊"，有持久的效力。雍正帝御赐钱名世的"名教罪人"的匾额，对于惩创士夫，效力未必在"立枷"之下。而集体示众的著名的例子，则有宋的所谓"元祐党人碑"。明太祖颁布的《昭示奸党录》《逆臣录》，明末阉党的"点将""同志"诸录，其灵感或许就得之于此。刻之于石，刊之于书，无非为了一劳永逸地将政敌"钉在耻辱柱上"，使之"永世不得翻身"（这"钉在……"云云，正是"文革"中使用率极高的大批判语汇）。至于对时效的关心，则无论"黥""烙"还是刊刻，并无不同。

现代社会的政治艺术，较之古代，自然已精致到了无可比拟。近几十年所谓的"戴帽子"（亦一种"示众"），其规模之大，涉及人数之多，岂是我们的祖宗所能想象的？到了大众传媒时代，示众已无需人犯本人出场，文字、照片即足以收取震慑效应。至于录像技术与电视播映，那种不受时空限制的面向广大地区众多观看者的示众，亦非古代司法当局所能梦想得及。与此同时，对罪行的渲染也如游街，具有了娱乐性。对犯罪过程尤其某种细节的描述，足以令人想入非非——"法制文学"与色情文学、暴力文学（有无此种名目？）的界限，至此已变得模糊不清。

写到这里，我想到了"文革"期间北大校园中的示众。20世纪60年代末"清队"前充斥这美丽的校园中的囚犯队列，是该校历史上最称怪异的景观。尤其当用餐时分，那一队队衣衫破敝、蓬头垢面的"牛鬼蛇神"，将校园作成了鬼世界。而军宣队时期的"宽严大会",更是精心设计的戏剧性场面:对"戏剧效果"的追求,甚至不惜冒失去衡度标准的风险。就中尤有戏剧性的,是章川岛(廷谦)突然被两个彪形大汉架上台的那次,真使得全场为之震悚。我猜想其时所有尚在台下者,都不免自认为有可能被揪上台示众。人人自危,正应当是主持者所欲追求的效果。据说那已经是"小将们犯错误的时候"了;革他人命者与被他人革命者之间的严格界限,此时已不复存在。

在持续了十年之久("百年"的十分之一)的时间里,这所大学汇集了种种野蛮行径,由变相肉刑的批斗,到群众性的武斗,游街示众以至酷刑。而北大"百年庆典"时,这一景显然被有意删略,它们像是被假定了未曾发生过,刊印在各种纪念册上的,全是辉煌与荣耀。

赶会

回想起来，我对集市的兴趣，当是在插队期间养成的。乡间的日子太枯寂，住久了，你会任何一点热闹也舍不得放掉。其实我在乡下必与村里姑娘媳妇同"赶"的"会"，不过骡马大会之类，并无可玩可看（除非你对牲口感兴趣），又无亲戚可走，却仍兴致十足似的跟了去，一为破破寂寞——虽每天与村民一起干活，毕竟见的人太少；那另一个动机，说来有点惭愧，是为了一顿饱餐。

到了乡下，才体会到"吃"的至大至重，"吃"之所以为民的"天"。那乡村也如许多地方的乡村，打招呼是必说吃的。"吃了么？""喝过汤了？"且两者不可混淆。晚饭后只能问"喝汤"，否则会让乡民笑话的。甚至一天里的其他时候，问候也是同样的方式，你于是知道，这已差不多是仅有的礼仪用语。至于"饭时"，你若打村路上走过，路两边端着大碗蹲在自家门口的村民，会逐个地招呼你"吃了么"或"喝汤了"，你要说上一长串的"吃""喝"才能过去。

吃既是这样重要，赶会时混顿饱饭，也就没什么可羞。在"会"上兜一圈，看看骡子、马和粮食，尤其看看人，然后像是无意地，到了预定要去的某人的亲戚家，坦然地坐下来，等人家上菜。那人家也自有准备，端上了七八大碗。你心头一喜，但细细一看，每碗都是一色的白菜粉条，要仔细地拣，才能拣出一两片肉。但你仍心满意足：能尽着量吃的都是好饭。那时候你的饭量真大得吓人，像是从来不曾吃饱过。

若是能看上草台戏，这"会"的内容就丰富一点。但看戏在我，也是戏台下比台上精彩。看人头攒动，总让人快意。我喜欢看人群。记得有次在人家的戏台底下，听开戏前戏班头头的致词，听他说到"有美中不足之处，请批评"，不禁一乐，顾盼之下，却见乡民们都一脸的正经；就在这一刹，记起了自己"知识者"的身份。

现在想来，那时真好兴致，会跟着村里的大姑娘小媳妇，赶上十几里夜路去外村看戏。演了些什么已全不记得，可以确信的是，绝不如鲁迅《社戏》所写的好看；但跟村里的一群女人走夜路，却很有味。白日里免不了斗点小心眼的女人们，此刻像是都很大度，绝无芥蒂似的。有人带了手电筒，于是就去爬树偷摘人家的柿子。我当时大约是个可笑的角色，近视而不戴眼镜，走起夜路来不免一脚深一脚浅，却不必担心有人抱怨。你不过给大家添了笑料而已。乡民的日子太单调，任何一点变动，都有趣，且有可能使人显得好一些。

在乡间，我才知道，我如需要孤独一样地需要"群"，甚至有时只为待在人群中；当待在人群中时，却又神情不属，在其中又在其外，似与那人群漠不相关。为了避开孤独而逃入人群，倒更像是为了在人群中享用孤独。但"赶会"这种在乡下养成的习癖，却保存了下来。在都市的书斋生活中，会偶尔想逛集市，也像是并不为买什么，而只为看看人，在人群中，感受一下四周的扰攘，听一听嘈杂的市声。这不像是什么高雅的癖好，却也并不可羞。近几年豪华商场多了起来，与我却不大相干。我得承认自己惧怕那种贵族气派，怕它嘲笑我的謇涩。还是乡村式的集市让人更受用，也较为平等。

至于"赶会"，当年曾让我暗暗得意的，还有，站在村妇中间，几乎没人能认出个大学生来，虽然脚上并无牛屎（在北方的农田里，是不大打赤脚的）。至于貌合神离，则自个儿心里明白。

代课

20世纪70年代初在河南禹县乡村插队时，曾被召到公社中学代了几个月的课。

那所中学，不过是摆在公社所在的镇子外的几排平房。因前面就是田地，所以走在去公社的路上，远远地就能看到。被招去代课的前因后果已记不清楚，只记得讲第一课（毛泽东的《沁园春·雪》）时，我插队的村子里竟有年轻人闻讯到窗外偷听的，在村里将消息播得沸沸扬扬。

我去那学校时是早春。学校里没有女教师，几个男教师就挤一挤，给我腾了间宿舍，与他们为邻。校舍造得十分简陋，两间房的隔墙居然有相当大的洞，每天可听隔壁的几位老教师互相打趣，听到可乐处，就在墙这边暗笑。学校的老厨师就住在小厨房里。每到吃饭时，全校的教职员工共十几人，围蹲在厨房外的空地上。总有一两位同事是调剂气氛的好手，最经常的笑谈，是以"口条""肘子"之类拟人。我实在佩服那本事，能这样将人从头说到脚。吃饭结束，就有人照例说一句，"老头，算算你的剥削账。"于是各自付钱。过后很久，我还怀念那家庭般的气氛。那确是个不大不小的"家庭"。

其间我的妹妹曾从她插队的乡村来住过一时。我发现我们间的亲昵态度，很让这里的师生也让乡民新奇。每当我和妹妹勾肩搭背地由校舍走向田野，会觉出眼光从身后层层地压过来。我自然又想到，我所感到的"家庭气氛"，在乡土社会，常常是在家庭之外的。家庭成员间的亲昵，倒会有一种类似"猥亵"的意味。

公社中学的学生由公社所辖各村来，因路远，多住校，于是教室兼作宿舍。窗子没有玻璃，就用砖花插着，白天光线不足，夜间则非冷即热。农家子弟，耐得辛苦。上完了课与晚自习，就将桌凳拼起来，或睡在地上。夏夜则多宿在室外，男女学生拉开了距离，在墙根下搭铺。有位年龄稍长且身材高大的女生，学生干部，会大大咧咧地到我宿舍来，说一声"赵老师，我住你这儿"，就在我的床上睡下。我夜间醒来，会在枕边看到一双大脚丫子。也曾有过床边地上另有女生搭铺的时候。

这几排房，窗开得很低，又没有纱窗。学生取东西，倘无钥匙，会打窗台踩着里面的书桌跨进来。但不必担心丢什么东西。这里的学生比之我后来教过的城市中学的学生，是太淳朴了。

那些个春夜和夏夜实在可爱。窗子低，户外又空旷，满窗是星空与夜的田野。和邢校长隔窗交谈，他的身影就嵌在夜空上。不记得谈过些什么，只记得那颜色，光，影，那空气的温润，与声音在静夜里播散的奇妙感觉。

有时晚间的教师会议就到黑洞洞的田地上开。躲过了学生的眼睛，男教员多半打起了赤膊，并不在意我的在场。

学生是艰苦的。也因了路远，周末回家，至少要带半周的干粮，多半是些饼子。天热，容易发馊，于是常见那些饼子在外边晾着。但他们像是并不以为苦，且我当时也不以为他们苦。因为那里的农民过的就是这种生活。而这些学生应当算幸运儿的。公社中学，岂是等闲人能上的！

暑假到了，又由田野上的小径走回插队的村子。邢校长送了我很远。他们似乎是想留我的，但我已决意回村里握锄把。正因在公社中学的这段日子过得还好，才更小心翼翼，不想弄坏它。用了俗语说，是"见好就收"。这或也是我的一种病。日子一旦过得太顺，或被人看得好了一点，反倒会不安起来，觉得情境不太真实，又怕连这点不真实的梦也要失去，于是即刻想逃开去，或把那梦收住，把那段生活截下来，折叠好，收藏起来。

后来我曾在夜间，再去那所中学。学生在上晚自习，教室里烛光荧荧。有学生发现了我，走了出来，却又像是并没什么话可说。每当离开一地，我不大回头，也少有留恋。直到因"重新分配"回城市，我没有再去看那所中学。

排戏

回想起来，排了几台大戏，竟是插队两年里仅有的值得一提的大事业。

人到老年，忆及少年时的勇壮，总会不胜惊诧的吧。到了懒得交往，懒得动作，终于懒得思索之后，自然会不解于少年时的多事。我已经想不大清楚，怎么一来，就排起了戏，只记得当时十分起劲。把村里一群不知"纪律观念"为何物的少男少女拢到一起，是出力不讨好的事，何况所排的不是乡民所长的梆子，而是"文革"中流行的所谓"小节目"，其难可知。让我吃惊的是，到演出那天，我麾下那些平日散漫到不可收拾的演员们，竟意外地卖力。有的还前台后台地自动招呼，全不需我安排。甚至还有临场发挥。演到"军民联欢"的一场，群众演员自动地拍手打节奏，并一齐按照节奏左右摆动身体，将气氛弄得十分热烈。记得当时我的感觉，似乎这不是我排的戏，我倒像在事外。

排戏，是村里的大事；参与其事自是一种光荣。因而有做父母的领了孩子来，说是想让孩子"跟赵园学戏"。那地方，一个村演戏，方圆十里八里的乡民都来看。我排的这台戏，在看惯了梆子的乡民眼里，必是新鲜的。演出时台下也很呼应。但在村里排戏，从此再不敢尝试。尽管演出时很争气，但那群少年男女的难以指挥，我已领教够了。

我知道，这很让我的有些演员失望，其中的一个还到我的住处伸头探脑，却并不问什么。那是个七八岁的小姑娘，据村里人说，是因父母中的一方有政治问题，被从城市送到乡下的。村里人说这类事，不免神情诡秘，因而语焉不详，我也从未认真打听过。小姑娘在那乡间，漂亮得有点出众。皮肤粉嫩；特别是眼睛，半圆的，目光蒙眬。我曾听到村里的女人用了刻薄的口气唤她"小美人"，也看到过她在男孩子的追打中飞跑的样子。她的舞跳得出我意料的好；比之其他人也特别认真，有一种与年龄不称的严肃神气。我也确未怎么见到她的笑。我自然不难感到，"演出"这机会之于她的意义，却也并未深想。临时剧团散伙，她的舞就再派不上用场。那个村还唱他们的梆子。

后来在公社中学临时执教时，竟又技痒，排起了戏来。因这回是学生，比乡民听话得多，不太狼狈。这一带流行两种地方戏，除梆子（即豫剧）外，还有一种河南曲剧。学生中唱两种戏的人才都有。我其实全不懂地方戏，只是依我自己对京剧样板戏的那点知识，使演出有点新意而已。起初甚至试过排京剧。饰演阿庆嫂的月琴，黑黑的，并不漂亮，但身材苗条挺拔，嗓音甜美，还跟着我，照着京剧样板戏的曲谱认真地学了一阵子。这帮演员的临场发挥也很出色。《沙家浜》"智斗"一场谢幕时，月琴的双手前伸，脚跟提起，轻盈欲飞，造型很美。我当时想，这女孩未必不如县剧团的那些女演员；我曾在县城里看到过那些被人艳羡的剧团演员，衣着邋遢地在尘土飞扬的路上走。

在公社广场上搭台唱戏，毕竟比在村里更气派。演出后，教员们还聚在几位老教师的宿舍里，兴奋地聊了很久。我的激动应不在那些演出者之下。我早就发现，在我，最大的兴奋，是由演出给予的；虽然我在这方面绝无天赋。我一再体会到舞台不可比拟的魅力，舞台之于人的不可抗拒的作用力，人群，现场性，直接交流之为巨大激情的条件。我也体验到了"演出"对于"演出者"的作用。演出这种行为的非常态，其制造幻觉的性质，足以使其成为兴奋之源。

我在演出活动之外，再也不能体验同样的激情。第一篇文章的印成铅字，第一本书出版，心情都极冷淡。似乎那点激情都已在写作过程中耗尽，此时只余了疲惫。至于写作之为过程也仍不能与演出相比，那里难有忘情无我的投入。那更像是一种如沙漏般细细地感情流泻。

插队之后，做中学教员时，也还在所教的班里排过戏，但已是例行公事。近年来确是老了，与伙伴们外出开会，竟已全无唱歌的兴致，而几年前我们是以此为行旅中的一大乐事的。

偶尔会想到，村里的二女、青儿们，公社中学的月琴、军章们现在怎样了？豫剧、曲剧怕已被流行歌曲取代，乡村的戏台上还有没有他们的位置？

陋室

如果撇开插队期间借住过的农舍不论，在那所中学住了六七年的，最是不折不扣的"陋室"。那甚至不能算一间屋子，那原是两排平房间的隙地，不知为了何种需要，马马虎虎地夹了前后两堵墙，搭了个类似屋顶的东西；也不记得怎么一来，我就住了进去。但当时似乎是很高兴的，因这里远离学校的教工宿舍区，没有吵嚷的四邻。

那是一所位于城郊的中学，整所学校都相当简陋。我的住室对面即学校的教学楼，像是经了战火，找不出几块完整的窗玻璃。这也是当时中小学校的寻常风景，"文化大革命"的一份成绩。远离了教工宿舍区，固然可庆幸，却也就另有代价。这排房子位于教学楼下，白天里就不能不听一楼学生的吵嚷。我的学生是少有人读得进书的，某一方面的知识却颇不缺乏。当时的学校里，流传着类似"性交指南"的手抄本，虽只是初中学生，在"性"的方面却有惊人的想象力。我的住室既在他们的俯瞰之下，一当看到有男教员出人，就会有人即兴编出淫秽的情节。这是我后来才知道的。当时也着实生了些气。等到事过已久，才想明白，其实我的那些学生对我并无特别的恶意。他们不过碰巧拿我消遣罢了。而他们选中了我也自有道理：一个女教员，又是单身。到了十几年之后，我更发现，绝不止我当年的那些来自市井底层的学生，而且"文化圈"内的高雅之士，也是要以这类淫秽故事来取乐的，且比之我的学生更有想象力，在用了他人消遣时也更少道德障碍。雅人与俗人，本来都属万物之灵。

我到那中学前后，发生了所谓的"黄帅事件"。干那一种"革命"，本可无师自通。两年后接了初中一年级的班主任，开学的第一天，我提前到教室，一眼就看到黑板上被人用板刷蘸了大便写着学校一位女教师的名字，名字上打了大大的"×"。打群架，是班里男学生中经常的节目。而小偷小摸，则几乎像是一种游戏，玩起来天真到叫你不忍惩处。也有偷到我门上的时候。见到自己宿舍的桌子上少了个指甲刀什么的，你只能一笑置之。在当时，这也确是"小小不言"的事。我在那个班当班主任的几年间，学生干出的最惊人的事业，是剪径。出我意料的，那竟是个平素看来相当老实、羞怯的男孩子。既然我班里的学生因了这种古老的勾当而进了局子，只好由我陪着那哭哭啼啼的母亲去局子里办交涉。

　　但那时也自有那时的好处：几乎用不着备什么课。我的角色，是警察兼保姆。我和我的同事都相信，有些学生是只认"力"而不认"理"的。

不幸的是我无拳无勇，是一个所谓的"弱女子"。但在忍无可忍之时，也曾一把揪住某个学生的衣领，将其扣子都搡飞了。看着那张冥顽不灵的脸，不止一次有过一掌打将过去的冲动。面对如此勇壮的男生，我不得不把那些可怜巴巴的小女生藏在身后，以一个弱女子保护一些更其弱的女子。当时

1973年在中学任教时

的我，看起来像是很强悍的吧——也有人这样向我说起过。只有我自己知道我的软弱。

　　后来又有所谓"批林批孔"。卷在派仗里，事后想来，甚无谓也，但当时确也有不得不然的情境。革命，实在是极累人的事。在学生的俯瞰与"对立面"的盯视下，我的那间陋室，仍然是一方可亲的天地，虽然冬天脸盆里会结冰，夏

天屋顶会漏雨。

这里是我和我的朋友们的小世界。朋友，是几个同校的女教员，和我初到此校时教过的几个高班的男孩子。你若在某种风险的环境中待过的，当会知道友情如餐之于饥、饮之于渴似的可贵。也只有在那种情境中，你才能充分地体验友情之为庇护。20年后，曾有日本朋友问到我何为"铁哥们儿"，那一刹我想到的，就是常聚在那间陋室中的几个女友。

至于与几个男孩子、我的学生的交往，则使我对"夜话"有了如酒徒之于酒似的耽溺。前不久，曾在那间房子里聊过的男孩子中的一个，还说起他所记得的旧事。说是某次聊天时，他发现我面色潮红，提醒同伴们离开了，事后知道，那一晚我果然在发烧。这些事我自己早已忘却。但我想，当时由这种交往中感到的满足，就应有我的小友们那种与他们年龄不称的细心与体贴的吧。那毕竟是一些经历了"文革"的早熟的孩子，我们确也是作为朋友交往的。

此时已到"文革"后期，一面是继续的纷扰，另一面则是心情的相对平淡。到了这时，我才极有兴致地读完了托尔斯泰那一大部《战争与和平》。也如后来女孩子的一度迷恋冷面好汉高仓健，那时的我一下子爱上了深奥莫测的安德烈·保尔康斯基。这期间还读了《第三帝国的兴亡》《出类拔萃之辈》

一类所谓"内部书籍"。"文革"的政治训练，足以使得最天真的书生也约略知道了政治斗争的"ABC"，更刺激了一些人对"政治奥秘"的好奇心。种种"内部消息"，民间、口头的"黑幕小说"就赖此而流传。

也是在这间陋室，我开始试着"评论"。十几年荒废之后的初试，首先选中的，竟是郭小川的诗，虽然我并不大喜欢新诗。冬夜，炉子上烧一壶水，在灯下写郭小川。记得为了写作，还抽掉了几支烟——那还是插队时的训练（我插队在河南的烟叶产区）。所写的东西早扔掉了，记忆中只残留着"情景"。夜读，实在是愉快的。一灯独坐，如在世外。我的那个班，学校的那些"派"都顿时远去。我明白我绝不是个好教员，我只是个尽职却并无职业热情的教员。我的乐趣从来不在讲台上，只有这间屋子，是我的世界。虽然一直有爱我也被我爱的学生，但他们更是我的朋友。我不可能由教师这职业中得到满足。因而后来偶尔站在讲台上，接受听众的喝彩，或迎着莘莘学子热切的目光时，我都不能坦然。我知道那更像是演戏。他们看到的不是真的。当他们看着我时，真的我或许早已不在"现场"，退回了我打那里走出来的我自己的房间。

十几年后的一个夏日，拗不过朋友的好意，去看了那所中学。我住过的那间房子大约早已拆掉，矗在那里的，是一座楼。我竟有如释重负之感。我明白我并不要看到那房子，它的在否对于我是无关紧要的。我离那段岁月已经太远了。

[附记]

篇中所记当年小友中，有中州古籍出版社编辑范炯。我曾在他来京治病期间与他长谈，并忆及那所中学的往事。范炯已于我写作此文后不幸去世。

经验

你往往会有一点极有用的经验，正是那点经验，使得你眼下的窘境较为容易忍受。比如忍受饥饿的经验。我其实不曾体验过绝对的饥饿——如路遥或张贤亮写过的那种，如丈夫在青海吃70天野菜的那种。但我所经验的也是饥饿。记得20世纪60年代初，第一次到京城，返回前由叔叔婶婶带到附近部队经营的一家小餐馆，同去的还有叔叔家保姆的儿子。已记不清还吃过些什么，记住了的，只是白面的小花卷，一两一个的那种。姐姐和我以及那个男孩子，那些花卷，一盘之后，是另一盘，我们一声不响地吃下去，吃下去。背景中恍惚有叔叔婶婶忧郁的神情，似也全无声息。这镜头中唯一的动作是吃。我的记忆即定格在这吃上。这吃像是没有终局的。

但饥饿年代不知怎么一来就成了过去。已记不清从哪天起，餐桌上多了一点粮食与油水。这么一点经验却使我相信，不堪忍受的那些，总要过去的，而且会是在你不觉间。

更说不清楚的，是"文革"中的经验——是打什么时候起，庄严变成了滑稽，你开始拥有了一点幽默感、开始能够用调侃的口吻谈论屈辱以至谈论那些"神圣事物"的？还记得"文革"中期被红卫兵勒令搬家时，我和妹妹几乎是唱着歌搬我们的家的，尽管住进那座"牛鬼蛇神"楼后，即成了明明白白的异类。至于调侃神圣，甚至不是能力的恢复，而是陌生能力的获取；在那之前，任何一种调侃都类似轻佻。

"文革"刚刚收场的那个短暂时期，轻喜剧、相声曾大行其道，流行主题之一，即不久前的"追查政治谣言"。某出话剧中有大意如下的一段对白：

"你在哪儿听到（谣言）的？"

"澡堂。"

"那人穿的什么衣服？"

"没穿衣服。"

全场哄笑。这其实不如说证明了鲁迅所谓中国没有"爱开圆桌会议的国民"的"幽默"，有的只是"传统的'说笑话'和'讨便宜'"（《"论语一年"》《从讽刺到幽默》）。但确实把大家给逗乐了。那确实是无遮无拦的大笑。但笑过之后呢，是否有一点恐怖？如果撒谎也成正义，那么撒谎者本人为此付出的是什么？如果无所不可调侃，这社会将为此付出怎样的道德代价？当然，武则天似的铸铜匦鼓励告密，足以败坏世道人心；而被迫的撒谎使得人性堕落，也是不争的事实。

在我的经验里，较之"粉碎"一类事件，这才是意义严重得无可估量的转折。正是那哄笑，为若干年后的商业化，准备了道德的以及心理的条件，虽然当时笑着的，决不会想到这一点。

但你毕竟大笑了。你差不多已忘了该如何大笑。在那之前你当然笑过，但难得痛快淋漓；"文革"中更多的是匿笑。在那之后你或许有了太复杂的情欲，这使你的笑再不能有当年似的透明。不能透明的岂止是笑。你发现那场"革命"已留在你的心里，你的环境中，像章鱼抓着海底那样。你发现生活（尤其所谓的"人事"）已被世故、手段（无所不在的"政治艺术"）弄得浑浊不堪。你甚至会从我们的孩子眼里，读出一种老于世故的神情，你试图使那孩子感动于纯洁、高尚，那双眼睛却说：我不相信。你更发现无师自通的类似本能的政治手腕，已成某些大陆中国人特有的才具，据说他们在国门外的无论哪一处，不过略施小计，就不难将外国傻帽哄得"一愣一愣"。你因而随时遇到了"文革"。你知道某种情境并非如饥饿那样容易过去。请神容易送神难。何况是如此狡黠的神！

　　你于是会想，与商业化相伴的另一种邪恶的智慧，会否成为修复人心的积极力量？到得经济生活走上轨道，较为正常的心态会否回到我们的生活？当然这"回"不过譬喻。正如人类永远不会也不必回到幼年，你不必回到政治上的童稚状态，社会更不必回到使"文革"赖以发生的那种政治关系与氛围。上述"经验"你还不曾获得。"历史"会引向哪一种结局更无从知晓。我们的经验毕竟是有限的，全不可仗恃。

　　写到这里，不免有点沮丧。但又明白不过书生式的迁想，与"实际进程"全不相干。隔壁房间正在播天气预报，明天像是个晴朗的日子。

一隅

已算不清楚有多少时日是在这一隅消磨的了。

它只是我与丈夫卧室的一角。那里有我的书桌。虽只是一角，却并不觉局促。到后来这一角才小了起来，那是在挤进一台电脑之后。打印机又占去了书桌的一角，使书桌显出了零乱。但它仍是我的一隅，这大世界中确确实实属于我的一隅。

这实在是太简陋的一隅。尤其令人沮丧的是，由靠窗的这一角看出去，所见也无不简陋。对面是邻楼如稿纸般规整的墙壁。几年前在东京女子大学住过几周。那是一座西式小楼。住进时已入夜。第二天清晨拉开窗帘，楼下森森的绿意就让人一阵惊喜。心想，终于可以享用绿色了。不过几天之后就发现，那窗外的风景对于你并不像你原先以为的那样重要。你所真正需要的，仍然更是属于你的那一隅而已。

我就在这属于我的卧室一角坐着。每日里，阳光透过窗帘，洒一片细碎的光斑在桌面上，直到沉沉的暮色由窗外漫进来。最可爱的，自然还是到了所谓的"掌灯时分"。写作是日间的事，灯下通常只用来读书。写作，无论用笔还是用电脑，都极辛苦。半天下来，常常弄到嗓音嘶哑，虽然那段时间里你一声未出。读书则松弛得多。你可以将姿势尽可能调整得舒服些——比如就这么蜷在椅里。更可爱的，则是雨夜，尤其雨的春夜。窗外零星的灯火，流淌在窗玻璃上。你被微寒包裹着。那雨声雨味似透进了你的房间。不远处马路上的车声，被水洗过了似的，而车轮下四溅的水，像是溅上了你的衣角。你知道窗下的梧桐树、桃树、槐树，在幽暗中伫立着，静静地享用着那雨。在静极了的一刻，你或许会偶尔走神，想到了正在远方的亲人或友人，从书页上抬眼，冀神思有洞穿时空的相遇。当这种时候，你确信了拥有灯下这一小片温暖的世界。你感到了富足。

有时你也会忘身所在，茫然地坐着，"心之眼"望向了时间中的某一点。近一时常常想到的，就有那个繁衍在沙土地上的家族，那个家族的命运。有时也会望向某件褪了色的旧事，一寸一寸地往回，细细地搜索那段经历，试着破解自己的人生之谜。沉溺在思绪里，这一隅及其外的世界若有若无。一切在时间中都显出了诡秘，令你无从索解。于是，忧郁如泥沙般沉重地，把你淹没了。

仍然要由读书将你救出那沉重，尽管你还像年轻时那样，很容易被某段文句激动起来。在这一角隅的灯下，我有过几次特别的经验，书中场景像是直接叠印在了我阅读它时的情境上，以至每当我记起那书，即刻想到的，是那书里书外浑然不分的完整意境。其中的一次，就在六年前初夏的一个雨夜。我手中的，是《麦田里的守望者》。那无边的荒凉，不像是由书中，倒像是由我心中弥漫开去的——在我，那真是一种永不能忘怀的经验。

读得倦了，你也会与友人通一通消息。有时并不为什么"消息"，而只为了开怀一乐。你真幸运！你竟有不止一个朋友，能发出所谓"富于感染力"的笑声。于是，你们在相隔十几里、几十里处大笑着，使得这一角隅的空气，也顿时生动起来。

你可能一生都在做着有关漂泊的梦，但你更明白，就本性而言，你绝不是个流浪汉，你对"家"对家中"一隅"的依恋已坦白了这一点。你不可能真正懂得那个"车轮上的民族"，你在一切极琐细的方面，都是"乡土中国"的儿女。

就这样你坐着，年复一年，甚至那桌椅都极少挪动。不断增添着的病痛，会一再驱你离开那张桌子，但稍一平复，你又挣扎着回到桌边来。你有时会有怪诞的想象，想象你就凝固在了这角隅，渐渐老去，如屋角被遗忘了的一段枯树……

夜话

一

都市之夜，或许要到凌晨，才算深浓。来，说点什么。我是常常自语的；这真是一种文人恶癖。写作是自语；写作之后的自语，则是写作状态的继续。写作这一行为，覆盖了我的几乎全部生活。你知道吗？我常常是为了摆脱这纠缠不休的自语，才大声唱歌的，像是在举行一种驱魔仪式。更可恶的是，那甚至不是散漫的自语，而是书面语的连续涌出，排列整齐，组织严整，而大脑则像一座制造话语的机器，轧轧地响着，把我折腾得精疲力竭。所谓文人，大概应定义为语言囚徒；虽然常常是自愿的囚徒。

更糟糕的是，我在工作之外几乎别无嗜好。于是"说"成了仅有的消遣。回头想想，这一生中的许多时候，竟是在寻找对谈者。这种需求，训练出了特殊的敏感，使我能在最初的几句交谈中，判断出有没有沟通的可能，谈话的质量将如何。这种寻找不能不是艰苦的。但我很幸运，在茫茫人海里，竟找到了不止一个对谈者。我所乐于回忆的过去，竟是一次次对话。在中学的大操场上，那是个月夜，月色十分温柔，已记不得是与哪个女伴；在大学的湖边，在校墙外的公路上；在另一所中学（当时我已是教员），那间宿舍破烂到几乎能从屋顶看星星，那是和我的几个学生；在我自己的家，与我的某位友人……谈话的内容大多已忘却，那些情景却仍历历如见。那是一些夜，无月的或有月的。

有对话者，尤其是文人的幸运。这种幸运又鼓励了期待，鼓励了对交谈的依赖。正如酒徒的痛饮，一次通畅的倾谈之后，是反刍般的自语——耳际一派轰响，直炸到神经失去了控制。我终于疑心这如同嗜酒或嗜毒，一时的满足只是刺激了贪欲。正在这当儿，年龄救了我。多半因了衰老，我竟一下子失去了倾诉的愿望。嘿，怎么搞的，竟把"失去了愿望"也说了出来，这实在太讽刺。或许我被自己骗了？

人是这么脆弱的东西，即使知道了"命定的孤独"，也仍会心甘情愿地被幻觉所作弄，去作无望的寻找。交流的渴望背后，自然是逃脱孤独的顽强意志，真是既怯懦又勇敢。我于是改变了对"沉默的男子汉"的看法。那张坚硬如石的脸的后面，大概是更加紧张的自语以至与假想者的对话。他未必比我更坚强。我倒想将他救出那沉默。说出来、大声喊出来吧，何必跟自己过不去？

文人（以及准文人）的惑于"表达"，迷恋文字或言谈，不只使他们自己的生命偏枯，而且损害了他们对于人的适应能力。1990年秋在福冈的一家小酒馆里，一位日本的职业妇女用了自嘲的口吻，说她属于那种"声音美人"。她是一位翻译（日—汉），她的听众往往倾倒于她的声音。不消说，这种声音迷恋也以某些感官被训练得特别纤敏的文人为甚。文人的"偏""畸"，是一种生活方式的结果。其实几乎任何一种生活方式都会造成偏与畸，对此你无可逃遁。

夜真静。有时你会觉得，用"说"破坏这样的静有点罪过。沉默确实会比交谈更深刻。但我想知道，你是否听出了这静中的扰攘？我敢说就在这会儿，出声与不出声地说着的绝不只是文人。我常常正是在这样的静夜里，听出一片喧嚣，一派话语的涌动。我相信正是这话语的涌动，使得夜气重浊不堪。几个小时之后，会有理学家所谓的"平旦之气"来替代夜气，但你准相信到那时你能够享用到一派清明之境？

二

又是夜了。今天说"死"，怎么样？生、死都是些好题目，永远说不完的题目。但死这题目更有趣。你以为呢？

不大有人会作出如鲁迅的《死后》那样潇洒的文字了。但却不知有多少人设想过这"死后"。我不大爱想象死后，我好想象的，是"死之时"。

或许是着了魔，我总把自己的死安置在大西北的沟壑间，我精疲力竭地走着，向着西方，那里有一轮巨大的落日，如血的。这多半因中了英雄主义的毒。但为什么总是西北？其间难道没有所谓的宿命？

明明是在中原长大的，我却总暗中以西北人自居。这好像又不止因为我生在西北。我对出生地全无记忆，但又似记得什么，其实多半是由父母的闲谈中零零星星记下的。母亲每讲起骑着骡子过关山那段故事，语气中总有仍在其境似的惊叹，说是那样荒凉的山坡上，竟有个茅草的庵，挂一串红辣椒，隐约见有人在坡上扒挠着什么。

这绝对荒凉中的绝对孤独的人，和那串红辣椒，竟令我如亲见似的感动。你在笑我。让我猜猜你笑的是什么——你在笑我的叶公好龙？我承认我不能在那山坡上过活，我宁死也不能忍受那死一般的孤独，我是个孱弱的人。但也因此，那个人对于我，有神秘的吸引。他有没有妻子？他怎样熬过那些个漫长的白天和更其漫长的夜？关于外界，他的脑中是否仅余了最简单的图像？那图像又是怎样的？

已经知道自己的孱弱，我仍在想象中向我的西北，向那轮巨大的落日走去，在沉沉的暮霭里，对着那层层叠叠的川塬。

我何尝不知道，这类想象更出于自恋；但我仍忍不住要想。或许只有在写作论文时，我才像是个"理性主义者"。但人如果在私下里也不敢放任想象，不也活得太惨？"死"这题目因种种由习俗而来的禁忌，也因了英雄主义的夸张，早已不能被人用正常的方式谈论。尤其不正常的是，正是个人处置自己生命的权利，成了最最可疑的题目。

你难道不认为，人对于自身生命的支配的权利，最完全的，正是死的权利。你无权选择出生，你的生命是他人给予的，并未征得你的同意；而既生之后，又有种种非你所能支配的情境；只有最后的选择，有可能由你自己做出，除非你是身陷图圄的囚徒，连裤带也被搜了去，或者是白痴。而人最难以接受的，竟然是"自主选择的死"这种概念，宗教的，政治的，世俗的力量，一致否认人的这一权利。别打断我。我知道我的说法肯定有不少漏洞。但你真的不认为世人对别人处置自己生命的干预，所依据的理论是更其可疑的？

在我看来，除了被虐而死或夭亡，都应属"正常死亡"，无所用其同情或悲悯——包括自杀。再彻底一点：包括特殊情境下的（即被认为不得已的）自杀。而人们对自杀动机的没完没了的追问，实在是多余的。那位台湾女作家自杀后，不知引出了多少故事。这些故事当然已与死者无关，它们不如说是娱乐生人的，为了满足一种"小报趣味"。为什么惟"死"必得有（世俗所认为的）充足理由，其原因是必得经得起论证的？"为了尊严"似乎被认为是可以接受的理由。你如果知道我们这里流行过的关于自杀的评判，也会承认接受这种解释已属了不起的进步（那评判已非年轻人所能想象，我们这一代人都耳熟能详，那就是"自绝于人民"；若是党员，还有"自绝于党"）。我却仍然要问：为什么死是必得有理由的？死可以不为什么，不为他人所以为的"什么"。它可以是最简单的，不想活了。它无须向任何人申述理由，它是一件纯粹的私事。

你看，我把话题扯到了哪儿！你准已经忘掉了那串红辣椒，和那轮巨大的如血的落日。我把你由诗拉到了最蹩脚的散文。我承认我不配说"诗"，"诗"在我的生命中只是偶尔兴起时的点缀。但我仍以为人不妨将死诗化（而非一味道德化、政治化）。近一时读明清之际的史料、文集，发现明人，明遗民也在内，实在有为自己设计"死"的好兴致。你只消看看黄宗羲关于葬制的遗嘱就可以知道。这固然出于文人积习，其中也应当包含一点关于死的幽默感的吧。死可以是一首诗，不供发表，写给自己，或只给二三好友读的诗。你干吗不作声？让我猜一猜。你同意了我的说法。那么，你是否乐意像国外的某处墓地那样，让人在你的墓碑上涂抹得花花绿绿，时有你的友人在那里说笑演唱以娱乐你的灵魂？或许你根本不要什么墓地与墓碑，你更希望从这世界上消失得干干净净？这正是我的想法。

我们的祖宗常会有一些极有趣的念头，比如以昼夜或四季为生死轮回，以生为寄，以死为"息"为"归"（即使比之通常的"归"庄严，也不过称"大归"），可惜此中精义，高明的现代人反而难得明白了。夜深了，又该息了。这当然不是我们今天所说的那一种息，却像是那种息的象征形式。你不认为这"息"是件美好的事？

三

不必打开顶灯。明暗间过渡柔和，正是夜的好处。我喜欢柔和的灯光，尤其喜欢由灯光造成的暗影。这种暗影能令人松弛。

如果你不反对，让我们接着说"死"。这确实不是个乏味的题目。你说呢？

关于这题目，有一段时间，我与其谈过不止一次的，是我的父亲。你吃惊了。你一定想到，与一个年过八旬的老人讨论死，是不是有点残忍。不，我不这样认为。一个老人能用正常的态度谈论死，是心理健康的最好证明。

这类对话也多半在夜间。有过一时，父亲受我的怂恿写了一组回忆，其中我以为最精彩的，是"婚姻生活"和一篇《关于死的回忆与设想》。父亲的坦率与明达令我自豪。我的研究五四新文学为专业，尽管在当时是无可选择的选择，但到了后来，我竟发现了其间的巧合：我的父亲正是受五四新文学影响的那一代人，而我的母亲，则是新文学所长于描写的追求独立且意志顽强的职业妇女。我是在接触了"专业"之后，才注意到父母曾提到过的某些经历的，比如父亲早年怎样在客居北京时，以一个穷学生，由东城跑步到西城，追逐鲁迅的演讲。那应当是1932年，我没有记错？作为一个当时的"进步青年"，他怎样在深夜潜入教室，点起蜡烛读左翼书刊——最初是郭沫若、蒋光慈等，然后（正如通常的那样，在有了更多的阅历之后）是鲁迅。写那篇关于郁达夫的文字时，我还用了调侃的口气，问到他当年对郁氏的看法。这些经历都决不能称特殊，稍为特殊的是，我的父母是那种将早年所汲取的某些观念贯彻一生的人。据我所知，比如能将五四的民主思想用于家庭生活者，在那一代人里，就并不多见；更常见的，是只将其作为话头。

又说远了。我只是想让你知道，与我的父母讨论"死"这题目，是并无困难的。既说到了父亲，就不妨多说几句。在那篇《关于死的回忆与设想》里，父亲记述了他作为一个大家族的长房长孙，怎样反抗其在丧仪中被派定的角色，更由世俗所特重的丧仪，说到旧式伦理的虚伪不情。这本是个五四式的主题，却也被更进步了的今人遗忘已久了。你想说我有"五四情结"，对不对？这说法对我，至少不太确切。我承认经历与专业，使我们（我只是指我与我的二三友人）难以走出五四一代的投影；但你不认为这也因了今人在许多方面的退化？父亲在那篇只是写给亲友读的文字的结尾处，写道：

我逐渐形成了废除一切丧仪的观念：无论是封建的，现行的。……死者活在生者的记忆中，比将其作为道具来演戏，会有更多的人情味。如果死而有知，活在子女亲友的记忆中，也要比轰轰烈烈的所谓"哀荣"，或冷冷清清的丧仪，要幸福得多。

当然，有的人以"哀荣"为荣，或虽不"哀荣"而仍以为"荣"的，那就由他去。反正生活的道路是多种多样的，丧葬的方式也是可以选择的。

人到老年，不免想到自己……

我承认，对于死这题目的偏好也并不正常；或出于逆反，或者只为惊世骇俗。它应当是个极平常的题目，即使还不能平常到如说吃饭穿衣。中国古代名士在这题目上制造过不少故事，其想象力足以让自以为进化了的现代人惭愧，但那动机，往往也在惊世骇俗。我原以为这方面的好戏已被古人作尽，岂知不然。后来见到有人写文章说到他自己的丧仪设想，那意思是，请亲属将其骨灰倒进抽水马桶，朝马桶三鞠躬，然后拉水冲掉，完事。我想，即使此公将此写入遗嘱，其亲人对这遗命也绝不会认真的；至于俗人，不过当它名士弄噱而已。我倒宁愿相信作者态度的正经。逝者的可悯，往往更在他们连自己那一具躯壳也不再能支配。死者几乎从来拗不过生者的好意（以及生者出于他们本人"体面"的诸种考虑）。当然，朝着马桶鞠躬，毕竟有点亵渎，我怕自己也很难折下腰去。将这最后一幕演得更平易一点，谁说不可能呢？

［附录］父亲的回忆·关于死的回忆和设想（节录）

……

　　童年时期我曾跟着父亲和母亲参加外祖父的葬礼。外祖父是个有名的秀才，叫张汝耀。他为人品学兼优，受到方圆几十里内诗书人家的尊重。我祖父一提起他，就情不自禁地称他为"张老师"。外祖父教过私塾，他不是为了"束修"，而是为了"传道"。他的家在离我村五六里的韩佐镇。这个镇是浦川县城北的一个经济中心，商店鳞次栉比，和县城差不多。每年我都在姥姥家住上几周，得到姥姥的爱抚；她和姥爷却很少接近。

　　外祖父个子不高，胖胖的，蓄了两撇花白胡子，不苟言笑，但也并不严厉。造成他死亡的近因，据人们说，是正当夏季麦收时节，他在麦场周围散步，突然下起雨来，人家都急忙跑步躲避，他却仍然一步一步地走，结果，长时间淋雨，以至一病不起。这在一般人，是很难理解的。他是受过严格的"诗书"教育的人，"非礼勿视，非礼勿听，非礼勿言，非礼勿动"，因雨而跑是非礼的。"礼"在他已成习惯，第二天性。至于如此后果，他可能连想都没有想。

他有两个儿子，五个女儿，大儿子即我大舅，我从未见过面，大概去世很早。大表哥是长子长孙，繁重的丧仪都落在大表哥身上，二舅反而若无其事似的，从不出头露面。

丧仪非常隆重复杂，是否从《周礼》临摹下来的，我没查考。只记得外祖父死后，棺材在家里正房停放几周，才举行丧礼；丧礼持续几天，才能入坟；入坟后，每过七天，要祭扫一次，直到七七四十九天才算结束。

丧礼期间，远亲大概送份礼就是了，街坊邻里则每日三餐是一定要吃的：至于近亲，携儿带女要吃住十天半月，每餐几十桌，像赶会一样。

棺木停放在正房中间，房前是礼棚，棚中方桌上放有香纸，油灯（长明灯），在丧礼期间，香和长明灯，是日夜不能熄灭的。

"礼相"和孝子是丧礼的主角，"礼相"是特邀的上宾，饮食最为上等；由4人或8人组成，每日三次祭典，分别站在供桌两旁——中间是孝子。孝子由他们呵唱礼仪，像朗读一样："孝子入席""孝子跪""叩首""举哀""礼毕""孝子谢"……有的经常被邀做"礼相"，呵唱起来，抑扬顿挫，特别入耳。

最苦的是孝子。大表哥是长子长孙，长子不在了，长孙就得担负起整个丧仪的主角，披麻戴孝，整天守在灵前。一日三祭，都得痛哭，有时竟哭得晕了过去。当时，大表哥还是20来岁的青年，竟遭受这么大的折磨，这在我幼年的心灵里，留下了深刻的印象。

孝子主祭，其他子女、妯娌以及孙子、孙女陪祭。他们在祭棚里又说又笑的，一到祭典开始，就立即围坐在供桌两边哭起来，像演戏一样。当时我才四五岁，自然是跟着看热闹，但到青年时期，接受了五四的反封建教育，幼年的这些经历，都成了促使我思想变革的材料。

……

父亲是在1928年春季"庙道叛乱"时期，中弹受伤，终于不治去世的。当时我正在郑州隐姓埋名做党的地下工作，和家庭没有直接联系，所以没有奔丧。

……祖母是卧床两年多之后逝世的。至于患的什么病，我也不清楚。据说由于长期卧床，脊背和臀部生满了褥疮。当时乡村医疗条件很差，有了大病，只能等死。1935年2月春节期间，我曾回故乡探望过……春节后，我又回到开封河南大学上学。大约是五六月间，祖父和族家申哥，一同到河南大学找我，商议暑假期间举办丧仪问题。因为我是"长子长孙"，谁也不能替代。他们告诉我祖母已经去世，我没有强烈的反应，祖父似乎很不满意。中哥不在跟前的时候，他又加重语气地说了一遍："你奶死了，你奶不在了。"他期待着我闻声痛哭，我又使他失望了。他的这种做法，不但没有引起我的同情，反而激起了反感。当时我虽然没有和他顶撞，但是心里在说：感情是容不得任何伪装的，它只能自然而然地流露。我对奶奶的

1961年暑假，父亲在郑州师院寓所前。

感情，你永远也不会理解，你所需要的是"号啕大哭"，我现在还没有学会。而你对奶奶又有什么感情呢？！在我的记忆里，只有叫骂和斥责。

在我的心中，始终保存着关于奶奶的温暖的回忆。幼年

20世纪90年代初，父母在郑州大学校园。

时期，因为弟弟多，母亲照顾不了，我长期跟奶奶睡觉。冬季里，她用她的体温暖热被窝，然后才让我睡。她的乳房像一个布袋，软绵绵的，我抚摸着就渐渐沉入梦乡。

童年时期，夏夜在院内乘凉，总缠着奶奶，叫讲天上星星的故事。关于牛郎和织女的分离和相会，不知讲了多少遍。夜空像一块蓝布的大幕，笼罩着无边的田野和村庄。星群像无数的小灯笼，散布在天幕上，于不知不觉中，缓慢地移动，构成一个神秘的世界。

从我记事起，就没有见过奶奶发脾气，她虽不识字，也许是自幼家庭风气的熏陶，从不会恶语伤人。她温顺善良，慢条斯理，不急不躁。有时，二婶顶撞她几句，她也只是心平气和地辩解，不会大声争吵。

但是我受了五四思想的洗礼，对所谓的"婚丧大事"，有了新的观念。在当时的条件下，虽不能完全摆脱封建礼俗，但也决不迎合。

暑假到了，我和妻不得不一起奔丧。祖母的棺木还在堂屋正中放着，祖父和二叔二婶分别住在堂屋的东西两间。二婶说，二叔每天要把棺木拭擦一遍，还不断地呼唤着："娘，娘！"

尽管我对奶奶的感情是深厚的，但对棺木长期放在住室，非常不习惯。每当我走进空落落的堂屋，从棺木旁边经过时，总不禁有一种恐怖的感觉，对这种做法不能不产生怀疑。

丧仪的日期近了。我尽力说服自己，满足祖父的要求。我写了祭文，准备家祭的时候用。

丧仪大致和外祖父的相似。也请了四五位"礼相"，招待远近街坊亲友。由于我思想上的抗拒，我这个"孝子"自然远不如大表哥那样驯顺。在祭典上，我简直哭不出来，祖父对此极不满意。他以责备的口吻说："咱不能干祭。你奶死啦！"所谓"干祭"，就是无泪的祭。他多么希望我哭得死去活来，让围观的人看看，哪怕是表演一番也好。但我不是演员；祖父的责备，只能引起我的抵触。当天晚上我就向母亲和婶母们表示，我要回开封，这样的祭典我搞不了。她们似乎还能理解我的心情，围着我劝说了一番，哭不哭不要紧，可不能走。客人都来了，走了怎么办。其实，她们是不可能真正理解我的，只是因为爱我，所以对我不加责难。我只好努力让自己进入角色，演完这出戏。当时如果奶奶有知，对我也许难以谅解。"代沟"在社会发展过程中，总是会不断出现的。旧的代沟消失了，新的代沟又会出现。五四时期如此，当代也一样。

当时，我曾对新的丧仪做过设想：用座谈会代替一切丧礼，亲戚邻友自愿参加，对死者谈谈自己的感想和评价，表示一下真诚的怀念。这在当时办不到，时隔50多年的今天，不也还在以新的模式，半真半假，亦真亦假地扮演这出戏么！

……

接着是1938年母亲的死，和1950年春假期间二婶的死。这都是我亲历目睹过的。至于三叔，1937年冬死于土匪的屠刀，二叔死于"文革"期间的农村，我都无力抢救，连看一眼的机会也没有。

20世纪60年代以来，我又参加了不少"向遗体告别仪式"。有隆重得堪称"哀荣"的，有冷冷清清的。我逐渐形成了废除新的丧仪的观念。人生是一大舞台，有时不得不违背自己的意愿扮演某种角色，这已经是可悲的了。更可悲的是人死之后，还不得不作为舞台的道具，供生人演戏。

……旧雨凋零，令人心寒。死并不可怕，可怕的是丧仪的虚伪。人死之后，家属子女已经够痛苦了，为什么还要在众人瞩目之下，在遗体前折磨他们！虚伪的丧仪，虚伪的哭泣，只能令人感慨。

……

我逐渐形成了废除一切丧仪的观念：无论是封建的，现行的。一定的内容，寻求一定的形式，为丧仪而丧仪，不是在为演戏而演戏么？

如果情不能禁，可以开个或大或小的悼念座谈会。死者活在生者的记忆中，比将其作为道具来演戏，会有更多的人情味。如果死而有知，活在子女亲友的记忆中，也要比轰轰烈烈的所谓"哀荣"，或冷冷清清的丧仪，要幸福得多。

当然，有的人以"哀荣"为荣，或虽不哀荣而仍以为荣的，那就由他去。反正生活的道路是多种多样的，丧葬的方式也是可以选择的。

人到老年，不免想到自己……

1985年11月底动笔

四

我得感谢你，为了你的善于倾听。我的友人中很有几位是善于倾听的，他们如做学问似的专注神情，鼓励了你说下去。你不要以为我没有这种长处。我也能沉醉于倾听，尤其当对着一张生动的脸，听到的是智慧且饶有趣味的谈论的时候。当然我们交换的多半不是什么清言隽语（也偶有所谓的"谈言微中"），而往往是些极世俗的经验，比如关于人事的经验。人事是谈之不尽的。

你或许不如此——当这时分，当夜气正弥漫开来，我常常突然感到了软弱，甚至会无端地，有泪水涌上来。似乎是，明亮的白天，无论如何你都要撑持，而夜允诺了你表现你本来的软弱。夜色的掩蔽，使你有机会回到你自己。夜似乎是更女性（也更文人）的——这或许很容易从"传统哲学"以及"传统文学"里找到根据。夜像是有某种弱者气质，使得在其中者也脆弱易感，有弱者式的病的激情。夜在生命过程中，应当属于那类"方生方死"的时刻：你的某一部分机能沉睡了，另一部分却纤敏活跃到异常。因而，在"息"之前，往往是较之白天更刻骨的疲惫。

至于如今已成了常谈的"活得累"，在我看来，多半因了有所期待。平心而论，我由旅行中所得的快感十分有限，也就因为事先太有期待。你预支了过多的兴奋，到得身临其境，就只剩了疲惫与淡漠。期待剥夺了你不期而遇的可能。遇，是承受，对印象，境界，感觉。先要"虚怀"才能承受。知识者的理性适足以成为"物""我"间的障壁。即使如此，我的旅中也偶有所"遇"，那多半是在途中，比如1989年春出夔门后的水程中。

那次乘客轮过三峡，我几乎整日待在后甲板上，看两岸的奇峰异石。却是在出了夔门，江水顿见平缓之后，才有真正的感动。薄云下的江面是灰白的，平静如湖。疏疏落落的一簇树，摆在江岸上，使天地更其寂寥而旷远。农舍的瓦檐由矮堤上露出一线。过后回想不已的，竟是这极之清冷的一景，那由农舍所提示的，极之清冷的人间风味。这最寻常的，也是最经久难忘的。你无所期待，却不意得之。

另一次，在1987年夏由青海返京时。沿湟水的一段旅程正是夜间，这西北边鄙澄明的天幕上，高悬着一轮圆月。

沿着铁路线，是平缓起伏的岗峦，背阴的一面，时见灯火人家，坡上则由月光勾出柔和明亮的轮廓。我有突然的感动，以至想下车去，在月下的坡上游走。当然我什么傻事也没有做。我依然坐在那里，然后，回到铺位上，躺下，睡觉。但那月色的诱惑，却令我强烈地感受到了人受制于既定生活轨道的不自由。

张载所说"生顺死宁"的"顺"，大约也要虚怀才能得。"生，吾顺事；死，吾宁也。"说得太动人。我不懂宋明理学，王夫之的《张子正蒙注》据说是注张而得其精微的，我也不大懂得。我相信许多人是被它的表述感动了：是这样的简洁！生死是可以作如此简单明白的描述的！兜了一个大圈子，又回到了"死"这话题上：真的遇到了"鬼打墙"？或者也可以认为，处死之道，原本就与日常处生之道相通。

其实人际遇合也如是，稍一用力，那佳境即刻失去；越是兢兢业业于保存的，越要失去。倒不如不存得失的一念在心里，只如旅中的遇境——人生之为"旅"，不是早被说滥了的题目？

又说了这么多。记得我们谈到过"说"之为文人病；但你又不能不承认，这"说"确也是他们那里唯一可供挥霍的东西，是他们所能飨客的最好的茶食或酒菜。当然，其滋味也要同好者才能懂得。我明白自己提供的茶食、酒菜是滋味寡淡的，告诉我，你是不是早已失去耐心了？

记忆洪水

我一向有对于"大水"的倾心，年轻时在中原的一所中学教书，曾一再到黄河边"寻访激情"。甚至到了向衰之年，还如愿以偿地走到了壶口，去感受那盛壮的气势。我醉心于水光、波纹，醉心于水声，醉心于惟水才有的清澈，清泠，弥漫在空气中的水的温润。20世纪80年代乘火车沿着闽江走，觉得被车窗框住的，无不如画，水边人家晨炊的时分，满幅都是烟水。我喜欢看水面在不同光线下的变化。记得鲁迅在什么地方写到过，难以相信这如丝般明亮柔滑的东西竟然会杀人。

我有种种与水有关的记忆。记得插队时田间休息，村里的女孩用裤带将大树叶窝成勺状吊下废井，打了水来解渴。我也喝过那水。也曾在夜间改畦灌田，月光下听柴油机抽出的水哗哗由田间漫过。我爱看北方的长着大柳树的高岸，然而近年来看到的，却常常是干涸的河床，龟裂的土地，是漫天的沙尘中的枯草败叶，是庄稼卷起的叶子。生长在北方，我太熟悉干渴的滋味。

我从不曾有过与洪水——俗间也叫"发大水"——正面的遭遇，不知道倘若有了一回那样的经历，是否还能保有对"大水"的迷恋。儿时家在开封，这城在黄河水面之下，据说一旦发大水，即如灌老鼠洞。父母说他们年轻时，有一晚听到了水声，不顾一切地夺路狂奔，后来才发现是有人拖了竹竿在街上走。我在这城市居住的那些年，每到汛期，会有街道干部到家里搜集手电筒，说是为了防洪之用。近几年那一带水荒，黄河褰裳可渡。中原地区民众与黄河间的"恩怨情仇"，是一部太大的书，至今远没有写完。

儿时的我自然不解这一种"大水"（即洪水）与我有何干系。直到1954年的夏天，对于这相关，才朦胧地有了一点点知觉。那个夏季天像是漏了，满院子的，是连天扯地的雨，雨脚砸在砖地上，砸在积潦中。缩在客厅的一角，我看着读高中的大姐，穿了长裤，激动地走来走去。她一心想到武汉去抗洪。我不知武汉在什么地方，却在这时像是明白了，那座被洪水围困的城市，距离我的世界并不那么遥远。

1975年8月河南的大水，我仍不曾正面遭遇，但与那洪水的相关是确确实实的。因洪水经过了我的学生插队的地方，我送学生下乡时曾在那里待过。事过不久就知道了，那所中学的一个女生，做了献祭这洪水的牺牲。

那些日子，我所居住的城市是骚动不安的，每个人都在谈论洪水，有种种未经证实的传闻。人们传说着，洪水将铁轨卷成了麻花；那些被洪水夷为平地的村子，服兵役的年轻人，一夜之间成了家族中仅有的幸存者。直到洪水之后，还有关于疫病流行，以及救灾款项被挪用的消息。

父亲所在的大学，校园中燃起一堆堆的火，是居委会组织教师家属烙饼子准备空投。尽管已是"文革"末期，"社会动员"依然有力。事后听说，市民烙出的饼子，有不少投进了水中，被灾民得到的，也多半馊了——那又是盛夏。看着火光，我的焦灼是无可形容的，直到有一天，学生叩响了我家的门。那个学生讲述了他逃生的经过，说洪水漫过来时，他们挖开了屋顶，那里也是最后的退路。淋着雨在屋脊上，眼看着水涨上来，直至生死悬于一线，水终于退了。

关于那次洪水的较为完整的叙述，我竟是在25年后读到的，那就是潘家铮院士的那本《千秋功罪话水坝》（清华大学、暨南大学出版社，2000年）。该书中记述垮坝的一幕，至今读来仍令人为之心惊：

……到7日21时，确山、泌阳已有七座小库垮坝，22时，中型水库竹沟水库垮坝。此时，板桥水库大坝上一片混乱，暴雨柱儿砸得人们睁不开眼，相隔几步说话就无法听清。大批水库职工、家属被转移到附近高地，飘荡着的哭声、喊声和惊叫声在暴雨中交奏出惨烈的乐章。人们眼睁睁地看着洪水一寸寸地上涨，淹到自己的脚面、脚踝、膝部……上涨的库水迅速平坝，爬上防浪墙……水库职工还在设法抵抗，有人甚至搬来办公室里的书柜，试图挡住防浪墙上被撕裂扩大的缺口……一位忠实的职工在暴雨中用斧子凿树，欲留下洪水位的痕印……

突然，一道闪电，紧接着是一串炸耳的惊雷，接着万籁俱寂。暴雨骤然停止——夜幕中竟然出现闪烁的星斗，有人一声惊叫："水落了！"

刚才还在汹涌上涨的洪水，突然间就"哗"地回落下去，速度之快使所有的人瞠目结舌，只有内行的人意识到这意味着什么——那座刚才还如一只巨大气球似的水库，在方才的霹雷声中突然萎缩——六亿立方米的库水令人惊恐地滚滚下泄。板桥铁壳坝终于在8日凌晨1时崩溃。

水库垮坝所带来的大水与通常的洪水比，具有极为不同的特性。这种人为蓄积的势能在瞬间突然释放，不仅出现巨大的流量，而且洪水像钱塘江潮那样形成一个高耸的立波往下游滚滚推进，具有无法抗拒的毁灭力量。从板桥水库突出的巨龙，首先吞噬最近的沙河店镇，尽管事前已做了紧急撤离布置，全镇6000余人中仍有827人遇难。撤离的通知仅限于泌阳县范围，驻马店行政当局没有也不可能向全区做紧急部署，与沙河店仅一河之隔的遂平县文城公社完全没有得到警报，成为"七五八"洪水中损失最巨大地区：全公社36000人中有半数遭难，许多人家绝户！

　　……

　　从板桥水库倾泻而出的洪水，排山倒海般地朝汝河两岸席卷而下，75匹马力的拖拉机被冲到数百米外，合抱的大树被连根拔起，巨大的石碾被举在浪峰。水库在凌晨1时垮坝后，仅1小时洪水就冲进45公里外的遂平县，城中40万人半数漂在水中，一些人被中途的电线铁丝勒死，一些人被冲入涵洞窒息而死，更多的人在洪水翻越京广铁路高坡时坠入漩涡淹死。洪水将京广铁路的钢轨拧成麻花状，将石油公司50吨油罐卷进宿鸭湖中。

　　板桥水库垮坝五小时后，库水即泄尽。汝河沿岸14个公社、133个大队的土地被刮地三尺，洪水过处，田野上的黑色熟土悉被刮尽，遗留下一片令人毛骨悚然的鲜黄色……

直到20世纪90年代，我向友人谈到这次导致如此巨大破坏的洪水，他竟全不知晓！

潘先生的书收录了若干幸存者的追述。"历史"往往由"幸存者"事后的叙述构成。时过20余年之后，无论怎样生动的记述，都无法传达那现场感，无法使未亲历者体验死生之际的紧张，何况那洪水之后人们已经历了太多。这类事件的严重性，通常是由死亡人数标志的，而翌年发生在唐山大地震中的死亡，则使得传说中的十几万失却了分量。生命的毁灭竟然因其未能更多而令人漠然！孙歌女士一再感慨于"感情记忆"的流失，死者之终成冷冰冰的数字。中国无愧于人口大国，发生在近年来的水难、火难，以及其他诸种匪夷所思的灾难，死亡人数动辄数十人数百人。

关于死于此次洪水的人数，事后曾有种种说法，潘先生在他的书中所写，或许出自负责任的统计——26000人遇难，伤亡总数12万多人——的确少于传闻，或许会被认为是个无足轻重的数目。而那是两万多"个"鲜活的生命——人以外的其他生灵尚不在统计之列。我们这样记忆洪水，也这样记忆另外的灾难，"政治运动"中的虐害、株连，由天灾更由人祸所致的大饥荒……古人尚且会瞥见"宿草再青""墓木已拱"，粗心的现代人，却只肯记住死亡数字。

个体生命的毁灭，从来是"历史"中被最先遗忘的部分，除非那是一个特别的"个体"，被赋予了特殊含义的死亡。时间永在流逝，街市依旧太平。那次洪水流经的地区多属乡村，有关的"感情记忆"因为表达手段的匮乏，较之其他灾难，更快地流失在时间中。那个恐怖之夜被高墙般压下来的巨浪吞没的如花的青春、垂老的生命，中断的个人事件、家族历史，那死神猝然降临时的惊悸，求生的挣扎，对亲人最后的关爱，那被洪水席卷而去的无数个故事，是否会在另一个时间被记起、被讲述？

我其实无从直接记忆那洪水，我所记得的，是那段日子满城的不安，是大学校园中的点点火光，是我自己当时的焦灼不宁。2001年春节前，当年由洪水中逃生的我的学生，自北美带了儿子回国探亲，我将为他保存的关于那次洪水的一页剪报给了他。这眉目间已见风霜颜色的中年人，神情平静地看着他未成年的儿子，问是否还记得他讲过的故事。那个在国外长大的男孩，有着一张明亮得教人羡慕的脸，这张脸上没有一丝阴翳。我想告诉这孩子的父亲，多讲讲灾难，让你的儿子更切实地感受人间。他的世界仍然会有灾难，他需要的，是当灾难降临之际他的父亲曾经有过的镇定。当然，我更希望他不再经历这一切。让我们为他祝福。

养鸟者语

丈夫是反对笼养鸟的，但当一个秋日，那只别人家走失了的虎皮鹦鹉不请自来，他的原则（某"道"）即得到了一个考验的机会。事后他一再申辩，说他是为了我父亲才留下那鸟的，其实我全无推究他知行是否一致之意。

那天我由单位回家，那鸟就停在父亲稀疏而软的白发上。据说这只饿急了的鸟先是落在阳台上，丈夫一将门打开就飞了进来。我见到它之前，它已经在父亲手上啄过小米。当日丈夫就买了笼子，以及一本关于鹦鹉的小册子。由那小册子得知，这种经过驯养的鹦鹉叫作"手玩鸟"。此后我们再也没有养过这样刁钻活泼跟人亲和的鸟。倘若不是它，我们像是不大会将养鸟的兴趣维持到一年以上。在它死去后，我们其实一直在等待着像它那样的鸟，却没有自己驯养一只的耐心。

那只鸟对人亲和的表现之一，是当你把手指伸向笼子，它上来就啄，眼神凶狠。我将此视作鸟与人的"平等感"。

我们后来所养的其他鹦鹉，则一定会在这当儿避开，或一脸平淡地视若无睹。想来那些鸟更明白我们跟它们，是不同的物种。丈夫为弥补笼养的缺憾，每天下午放鹦鹉出笼，在室内嬉戏（其代价是所养的米兰多了几根枯枝——鹦鹉的喙本是为了剥啄而准备的），这鸟就在你脚边觅食，毫无惧意。即使这样，我们也未曾体验过人与动物交流的那种境界，而我也怀疑发生在人与宠物间的交流所能抵达的限度。那些动物纵然成了"准家庭成员"，也仍然是被人禁闭与从外部观看的对象。它们何尝真的进入过人的生活！

　　鹦鹉引起了我与丈夫的兴趣的，想必是它们的夫妻生活。我们乐于欣赏它们的卿卿我我。那亲昵的通常表现，即吸吮对方的喙，且婉转不已，极尽缠绵。我们养过的一对鹦鹉，曾在室内"放养"时走散在两个房间，于是彼此呼唤、寻觅；当他们终于相聚时，即在尘土厚积的衣柜上激动地相互吮吸。丈夫在为那最初收养的"手玩鸟"选择配偶时，上了鸟贩子的当，买回的是只老公鸟。少妻既凶悍，公鸟常常被啄得毛羽凌乱，毫无招架之力。但到它们相继发病之时，动人的一幕出现了。其时正是冬天，或许它们在室外受了风寒。先发病的是母鸟。那天放风时这手玩鸟已病恹恹的，老公鸟也像是因此而意兴索然，全不计前嫌，陪伴着病的妻早早地返回了笼中。当晚母鸟病势转急。凌晨的昏暗中，我与丈夫躺在床上，听着她临终前挣扎时翅膀的剧烈拍击，都有一种悲壮与凄凉之感，第一次体验到了饲养宠物的情感代价。聊以自慰的是，总算有公鸟相伴，那鸟死得不那么寂寞。

此后鹦鹉们有出走也有投奔而来，有过一妻一妾以至多妻的那种情形。而那公鸟的平衡术，其在几只异性间的周旋，也增加了我们观察的兴趣。套用《庄子》所谓"盗亦有道"，鸟也自有其道。我于是想，人们饲养动物的热情，有多少是来自对人类自身的认知热情？你可以放心地窥视它们的"两性生活"而不必有道德负担，却又在同时将动物们纳入了人类特有的道德秩序（当我使用"窥视"这个字眼时，我将自己的行为也道德化了）。你由所谓"动物行为"的研究中，随处可感人类自己的伦理趣味。人依了自己的生存方式、社会组织读鸟（及其他动物）。倘若不能从中辨认人类自身的生存情境，不知人们是否还能维持饲养宠物的热情。人需要种种关于自身的象喻，在这方面也难以餍足。电视节目有关动物行为的拟人化的解说，引导人们由那异类读出的，岂不正是人类、人伦！这也正是人所以为人。人在其一切关系上，都打上了自己种属的印记。人所不能挣脱的，正是人自己。

　　在一年多的养鸟经历中，遇到过极乖巧的鸟，在伺机逃走时的用智用巧，正可归入鸟类中的"技术型知识分子"。鹦鹉像是有强烈的出逃冲动，我们因操作不慎，一再发生此类事件。这种事是令人沮丧的，丈夫尤其会懊恼不已，不断地到阳台守候，期待那鸟万一的归来；且因知道鹦鹉在笼养过程中野外生存能力的丧失，对它的命运有一份担忧。黄昏了，这小生灵会不会惧怕黑暗？它将在哪里度过这恐怖之夜？有没有找到食物和水？丈夫较之我确也更缺乏这一种心理承受能力，对这些小生命有比我细心得多的体贴与牵挂，也更易于因此而受伤。看来我们的不要子女确属明智的选择。一次为捉一只鹦鹉回笼，失手拔去了它的尾巴，丈夫顿时沮丧，说，再不养了！所幸那鸟的长尾又长了出来。这鸟早已出逃，不知是否还活在世上。

　　后来我们更发现，笼子对于鸟，并不都那么可憎。固然有一意出逃的，却也有一意要进入的，正如人类之于围城。去年当秋意已深，我们就前后收养了两只鹦鹉，其中的一只毛色晦暗，脸上有疤，跛着一只脚，我疑心是被主人放逐的。这鸟先是在阳台上啄丈夫给麻雀投的食，然后就寻找鸟笼的入口，在笼子上爬来爬去，在被请进笼中之前，即卧在由笼中伸出的横架的一端，俨然已以"自己人"自居。被收养的两只鹦鹉都曾逃出过笼子，令人惊讶的是，又都自动地返回。这又鼓励了丈夫"放养"的热情，曾几次放飞，它们也都自动返回。在鹦鹉饲养中，这或许是稀有的经验吧。我的解释是，正因有了饥饿与被人们追逐的创伤记忆，对"自由"的代价知之已深，于是有了对笼子的留恋——笼提供了食物、水以及安全。是否可以认为，这给生存之为"第一义"提供了证明？当然，动物的不愿返回大自然，也正属于人类所造的孽。

半年多之后，正是这只形容丑陋而凶悍的鸟，创造了一项奇迹：独力哺育出了两只小鹦鹉。那在我们的感觉中极其漫长的孵卵与喂食过程，是由她独自完成的——她尚在孵蛋时，我们因大意而放走了她的丈夫。据有关鹦鹉的小册子，本应由母鸟孵蛋，而由公鸟喂食的。在发现公鸟走失的那个早晨，看到母鸟扒着产房的门凄厉地鸣叫，我和丈夫都为之惨然。这只看起来已精疲力竭的鸟，竟奋力挣扎着，完成了全过程，令我们对其油然生出了敬意。那段日子，鹦鹉是我与丈夫的中心话题，母鸟的勤惰，其由"产房"进出的次数，是否倦怠，都在我们密切的关注之下。而听雏鸟细细的合唱，分辨其细小的声音，则是照例的晚课；直到一个清

与人通话的得后

晨，一只翠绿的小鸟飞出了产房，而另一只毛茸茸的淡黄的小脑袋，在产房的门边窥看世界。和这清澈晶亮的黑眼睛对视，是一种极新鲜的经验，你体验到了一点难以言说的柔情。

这应当是我们不足两年的养鸟史的高潮，高潮之后落幕，也正顺理成章。尽管体验了上述柔情，我发现我与丈夫并不适于饲养宠物。也如虽有养花的成功却并非爱花者，我们也非爱鸟者。丈夫对动物的兴趣，更宜于由给麻雀投食而得到满足——那种方式也更合于他的原则。我们尤其不适于饲养其他更长于与人交流的宠物，比如狗或猫，我想我们一定承受不了"失去"的打击。事实上我一直在以逃避激情来逃避伤害，主张有节制地投入，遵奉的是犬儒式的生存策略，服膺的是《庄子》哲学。无所得也就无所失，于是可以将日子平安地敷衍下去。

　　散文写养猫养狗之被认为无聊，我是早知道了的，因而写这题目像是自甘堕落。但那些动物们岂不早已构成了人的生活世界的一部分？而将小动物写到活现纸上，实在也要下相当的观察功夫，且要有敏感而仁爱之心的吧。老舍笔下的"舍猫小球"就曾令我念念不忘。惭愧的是我的笔终不能有那样的生动。这固然因了能力，却也证明了爱之不深，以及不适于饲养宠物。由此看来，养鸟这一段小插曲，终结得正是时候。

辑二　行旅

寻访激情

我已注定不会成为旅行家——也并非没有走动的兴致与机会——因而至今去过的地方很有限。即使这样，也仍不能免俗，比如舍近求远，舍易就难。因而让人觉得奇怪的是，走到过更难到达的海南以及青海湖边，却竟然未去过苏、杭，当然也不曾到过距北京较近的山西。今年夏天终于有了去山西的机会。较之于我中原家乡的那个商业化且人口爆满的省会，太原实在是个朴素且安静的城市，污染之严重却在意想之外（后来才看到五台山下竟也一片浑浊）。这年头"朴素"的意味自不免复杂；即如这城市的繁华地段柳巷，应当是太原的王府井吧，至少我到的那天，生意也像是很清淡。据说山西地面古文物的保存踞全国之首（？），太原却像是连旧城也绝少存留。经当地人的指点去了趟崇善寺，才约略看到了一点痕迹。

晋地令我感到新鲜的，毋宁说是地貌。我中原的家乡地面也多断层，但毕竟不这样大起大落，令人不禁会想，生活在这些坡梁沟壑间的推进，该有何等艰难！今夏雨量充足，沿途的庄稼长得很茁实，河床却几无不干涸。南方正大水，北方却仍十河九干。张承志的《北方的河》倘若发表在此际，会令人疑心是讽刺的吧。

五台山正是旅游节，人流滚滚。怀台镇的商业化让人想到前两年到过的泰山，宗教气氛已荡然无存。你看着出家人走在十丈红尘中，总不免疑心他们还能否六根清净。来五台之前，我曾梦到过钟鱼梵呗，弥散在晨风夜气中。来到五台，洋洋乎盈耳的，是由录音机随处播放的标准化了的"唱经"。这种男女混声合唱的音带据说流行已久，我却头回听到。初听之下尚觉新奇，很快就倒了胃口。由壶口回到太原，在一家书店听到这种音乐，竟已不能忍受。这与西方教堂里唱诗班的合唱之不同，应当是实质性的，因其与"信仰"无关。但又不禁自嘲地想，你自己不是也在参与着对"宗教意境"的破坏？你不是信徒，倘若不是为了观赏的需要，你又来五台做什么？寺院作为观赏对象想必由来已久，只不过在旅游进入大规模的商业运作之后，其观赏性得到了空前的强调而已。文人对宗教意境的迷恋从来就不止缘于经典。即如佛教，文人所迷恋的，就包括了由伽蓝精舍所象征的僧侣的生存方式。当然，这样的观赏趣味也早已古老。

能在山下小住，仍然是一种美好的经验。初到五台，旅途劳顿之余，靠在宾馆的床上，看蓝天白云与远近的山，即觉怡然。有溪水由窗下流过。次日五台举办骡马大会，返程前的那晚，一个人在怀台镇的街上闲逛，未看到期待中的草台戏，却听得溪水哗哗地流在静夜里。在晋地期间，只有一次，在怀台镇所住宾馆附近的街上，听了几个业余爱好者演奏晋剧音乐。旅途中曾向司机建议在车中播放山西梆子，回答是没有这种音带。回到太原，同游的孟君在火车站附近一间颇具规模的书店里搜寻晋剧、蒲剧、山西民歌的音带，也一无所获。

山西确是文物大国，可惜那些文物首先是"旅游资源"。因而首位的考虑，是旅游资源的开发而非文物的保存。据说日本有倘不具备某种条件禁止开发的律令，令人羡慕。这里的"某种条件"我以为不只指财力以及技术，而且应当指普遍的文化水准。有人告诉我文物修复的原则，是"整旧如旧"，我想其难应不全在技术。世俗心理一向喜新厌旧。文物一旦作为"旅游资源"进入商业操作，能不惑于经济效益的诱惑的，毕竟少有。我当然也明白，于真伪之际的过分敏感、挑剔，是学术训练的一份代价。祁县的"乔家大院"想来是真的，那红灯笼及红门联与黑的墙面相映，确有一种凄艳的美。只是这红与黑的搭配令人疑心是张艺谋的口味。很难想象晋商会对黑这种颜色有什么偏好；非节庆的日子悬挂灯笼（且如是之密集），也决不像是"民俗"。

去壶口的动议是我首先提出来的，友人为此煞费苦心作了安排。这一趟在我，也算是圆了一个梦。但这实在是艰苦的行旅。后来才想到，为了那片刻的感动，你竟花费了十几个小时在路上。由临汾到壶口的一段，路况极差，塌方，山体滑坡，有滚落的巨石横在路上。作为补偿的，仍然是乡野。临近壶口一带。据说与对岸的陕北地貌相似，于是我看到了先前只见之于文字的"塬"，有牛群由塬上下来，羊只挂在极陡的坡上——似乎史铁生在其知青小说中写到过。坡上小片小片拼接着的田块，令人可以想象秋日里的斑斓。

即使今夏雨量充足，上游下了大雨，黄河的河床仍大半晾着，由山路上远远望去，河水只是细细的一缕。甚至到了目的地，所见河道也大半干涸，布着大块的岩石，令人不敢对那奇观寄予希望。也因此当踏过岩石来到近处，骤然面对那一道急流，有不期然的惊喜。即使水量不足，被强行收束进河床上狭窄沟槽中的水仍一派激动，尚未跌落，即一簇簇地跳溅着，迫不及待地涌来，像是只为了在一次惊心动魄的跌落中将自己散作水沫。瀑流当跌落之际，由繁复细密的水花堆垛而成，河道中水汽蒸腾。那确是一道激情之流，狂热，兴奋，给予人的毋宁说是情绪性的感染，久看竟有点晕眩。

我知道壶口会令我一再回想，我也知道我会重访这激情之流。还在归途中，钱君已在策划着下一回的壶口之行，计划着在河边小住，听夜间的水声，看日出后的虹彩。但水量毕竟小了一点。还记得20年前，在郑州教书时，曾于暑期与友人骑车去花园口，在河边消磨半天时光。还曾与七十高龄的父亲一道骑车到过黄河边的提灌站。那时的黄河确是一条大河，水量何等充沛。"黄河情结"本赖有培养，包括对壶口的向往。20年前的拜访黄河，无非为了寻访大人格——黄河早已被人格化了，壶口则被认为最足以体现这种人格。这种理性或无妨于你身临其境时的感动，尽管你明白，你关于黄河的梦，你对壶口之为"伟观"的期待，都参与准备了你在这一刻的感动。你甚至不妨承认，你在动身来这里之前，就已有了"感动"的需要，你渴望着大激情，渴望着救赎，将自己救出平庸的日常性，救出种种渺小情欲。我确是放任已久，颓唐已久了。

你的感动还不止缘于此。在看过了真伪淆杂的"文物"之后，你知道这壶口是真的，即使水量不足，黄河裸露着的河床令人看得丧气。但在这样认定之后，你又会突发奇想：这一景似乎不难经由叠石，经由精确计算后对水势的控制而复制出来。在各种仿真技术日臻完善之际，人工与天然的界限正日渐模糊，还有什么"人类文化遗产"以及"自然景观"不能依样制造的呢！

回到太原，在一家书店里，看到列维坦、库因芝的风景画，如对故人。农舍，拂晓与黄昏，月光和水，弥漫其间的俄罗斯式的忧郁。我有片刻像是迷失在了那画面中。或许，走到哪里真的不是那么重要，重要的是属于你自己的那种与外部世界沟通的方式，你自己的那份感受世界的能力。至于能不能成为旅行家，又有什么关系！

走过赣南

　　由南昌到赣州的一段路，是在列车上"走过"的，因了贪看车窗外的风景，几不敢有片刻的休憩。在我看来，收入窗框的，都如画般美。北国是干旱与漫天沙尘，这里却水田漠漠，有我不知其名的白色的鸟，或一只或一组，由水面上翩然而过。此行预定的主题，是寻访明清之际宁都的一个被称作"易堂"的士人群体的遗踪，我的兴趣却溢出了这范围。我想感受一下于我来说陌生的赣南。

　　赣州是个有"清洁"之誉的小城。我事先说明了意图，说我要寻找明末的某地，无论其地现在的面貌如何。得到市地方志办公室张先生的帮助，我计划中所要踏访之处，居然都找到了。那位明末忠臣杨廷麟自沉的清水塘，在民居的包围中；他的埋骨之处，则有新修的滨江大道通过。这些原在预料之中，因而既无找到后的欣喜，也不至因面目全非而失望。出我意料的，倒是那水塘还在，赣州不曾放弃对那段历史的记忆。

之后是作为旅游景点的郁孤台与八境台，这些地名都曾出现在我的人物的诗文中。郁孤台始建于唐代，宋、明两代都曾重建，本是士大夫发思古之幽情的所在，而我所要寻访的清初人物，思绪却像是总难以远萦，而牢牢地绾在了"易代之际"血与火的历史上。他们无法忘怀发生在这里的血战。一些年后，他们中的曾灿，还写下了"风雨招魂半友师"的沉痛诗句（《秋旅遣怀兼柬易堂诸子》，《六松堂诗文集》卷六）。

赣州曾有章贡之称，八境台下，即章江、贡江的汇流处，境界开阔。但这座小城令我印象更深的，却是那段据说宋代的城墙，城墙下贡江上的浮桥，近城墙处临街店铺的"骑楼"。"骑楼"苍老古旧，如我此后一再看到并为之着迷的大樟树。煞风景的是，城墙整旧如新，将真古董包进了崭新的青砖里，令人想到了将铜锈打磨净尽的古彝鼎。据说浮桥是应市民的要求而保存下来的，不知那些"骑楼"有无这样的幸运，会不会在拆迁改建的热潮中，被清除干净。后来才发现，江右像是到处在实施"一江两岸"工程。在此后的旅途中，所经地、县级城市中，有文物意义的"老房子"已难得一见，而那些县城几乎难以彼此区分。

晚间，与同伴闲走在赣州的夜市，翻看书摊上的盗版书。看过了冷清的市场，听着个体书贩"生意难做"的抱怨，至少我自己，一时竟没有了对这种"非法经营"的愤慨——我实在想不出那些摊商不做这种生意，该以何种方式谋生。

近几年有"风入松""万圣""韬奋图书中心"兴起，京城已不大见"新华书店"的招牌。即"西单图书大厦"、开张不算太久的"王府井书店"，也像是不欲读书人联想起"新华书店"的老面孔，我的此行受到的，却是新华书店的接待，而且犹如"驿递"，被一站站地"递送"过去，由此也接触了风采互异的书店经理，尤其女经理。在餐桌上听经理们叹苦经，获知了一点此一行业的经营状况，算得一点意外的收获。

由赣州前往大余的路上，汽车在瓢泼大雨中打开了车灯。车窗外水雾茫茫，几乎咫尺莫辨。行前在京城得知，南中国到处都在雨中，这一趟却只是在大余与宁都，与春雨遭遇。事后想来，正是这雨，给了记忆中的两地以情调。或许古老的岁月，正赖这潮润，暗中传递着它们的消息？

即使不曾嗜古成癖，我也更喜欢"大庾"这字样，以为仅这字样就已古意盎然，不解何以要改用"大余"。抵达大庾岭时，暴雨已过，古驿道由两侧的梅树簇拥着，因微雨而显出了幽深。这段驿路修筑于唐代，领此一役的，是那位写过"海上生明月，天涯共此时"的张九龄。回到北京后查阅方志，得知宋代始有"梅关"，且加种了红梅。明成化间则重修岭路，"易瓮以石，二十里悉为荡平"（乾隆十三年《大庾县志》）。顾祖禹《读史方舆纪要》也说梅关曾久废，"正德八年始修治之，崇墉壮固，屏蔽南北，屹然襟要"（卷八十八）。我们由卵石铺成的驿路走到关下。驿路呈台阶状，徐缓地在山间延伸，因过于整饬，少了一点"历史苍茫感"，梅关对此做了弥补——即使并非宋明所遗，那风雨剥蚀的痕迹，苍老的颜色，也足以唤起深远的记忆。也如赣州的并非雄关，梅关也非地处险要。驿道宽阔，虽上下行，却较为平缓。但这盘旋不已像是要伸展向无穷远方的道路，仍然引人去想象行旅、漂泊的艰苦与寂寞。

枝头的梅子尚青涩。其实明末清初的梅关已无梅，我们所见路边的梅树，为后世尤其近年来所栽，无非为了补足"梅岭""梅关"的意境。因而梅关虽古而梅树不古，没有王猷定所谓的"古铁峥嵘"（《滁游记》，《四照堂集》卷九）。大余人告诉我，我所要寻访的易堂诸子倘南下广东，必过梅关。回到北京后查阅了顾祖禹《读史方舆纪要》、近人杨正泰的《明代驿站考》，梅关确系那些人物粤游所必经。

管理这"景点"的,是一位看起来泼辣能干的中年女性。附近山中修建了度假村。这里应当是举行史学会议的适宜场所,可以就近探访历史踪迹,甚至直接嗅到历史的气味。

仅仅"于都"(旧作雩都)、"瑞金"的字样,就已挟带了"历史"。从于都"长征第一桥"上经过的时候,自然想起了肖华《长征组歌》中的"红军夜渡于都河"。晚餐后,瑞金书店的工作人员陪我们走过街道,有搭了蓬的人力车接连由身边驶过,只消一元钱,随便你到县城的任何地方。据说当下岗工人涌入了这一行业,车夫们的生意就日渐艰难。昏黄的路灯下,那些踏着空车的车夫,神情疲惫,表情迟钝,搜索的眼光像是含了畏怯。

在书斋坐得太久,尽管住在普通的居民小区,仍像是有了与"基层社会""基层民众"的间隔。我不能说经了这样的行走,就能触摸到那一地质层。我能触到的,不过表皮而已。在赣南的某地,曾有当地居民围了拢来,向我们诉说拆迁中因补偿的微薄难以安居之苦,说附近有老人因失去了居所而自缢。得知我来自北京,他们中有人说,你早来一个月就好了。他们何尝明白一个书生的无力。我知道我们出现在那里,不过使他们有了短暂的兴奋;他们的难题太具体,很快就会忘却这几个外乡人，我却一时难以摆脱那焦灼、期盼的眼神。

瑞金宾馆的大草坪，满盛了月色与淡淡花香。久居"水泥森林"，已不记得何时享用过这样的清光了。香气据说是"月月桂"发出的。巨大的樟树令我想到俄罗斯文学中的老橡树，那如同哲思中的智者的巨大橡树，《战争与和平》中那棵与安德烈·保尔康斯基公爵之间有着神秘的感应与交流的大橡树。江右的大樟树不像是哲思的，却也古旧如"历史"。苔痕斑驳的树干上，枝丫间，生着据说可供药用的附生植物，俨然将樟树松软的树皮当作了土壤，使这些有着数百年树龄的老树更其苍老。后来在杭州也见到樟树，有藤蔓攀附，当地叫"香樟"，或系同一种属，风味却已有不同。

我和同伴们踏月、听蛙鸣，待到坐在大樟树下，几乎自然而然地，谈到了"革命"。第二天清晨，走访了叶坪、沙洲坝。回京后洗印了所拍摄的照片，发现叶坪的绿草、黄泥墙，最富韵律感也最为悦目。在苏区中央政府所在地，又看到了巨大的樟树，有一株曾经炮火，躯干弯曲到地。我终不能如安德烈公爵那样，与这些见证过历史的老树交流。倘大樟树真的有知，我还不曾准备好如何与它耳语，向它发问。

宁都的第一天也如在赣州，凭借了当地从事方志工作的先生的帮助，颇有收获。黄昏已近，我们还站在公路边的草丛中，察看一方被作为文物保护的墓碑。次日却下了雨，到我们离开宁都，这雨一直下个不停。我们仍然来到了翠微峰下。烟雨苍茫。雨中的春山更绿得透彻，晶莹，绿得无边无际。山野的气味至不可形容。我的那些人物的呼吸，似留在了这温润的空气中，潭水般沉寂的山岩间。事后想来，正是这雨，给了我记忆中的翠微峰以颜色与情调。那一带山在我的回想中，将永远是水淋淋的，幽深而凄清。

我们所经之处，未见百年老树，如瑞金的大樟树，但我知道这山是古老的，由山岩感知了这古老。这一带山石如霖漆，表皮脱落处色近于赤（或赭），即近人所修《翠微峰志》所谓的"丹霞地貌"。山体通常像是整块的，未经切割。有一处垛着方形、金字塔形的巨大石块，未知经了何等样的山体变动造成。所谓"金精十二峰"，俨若天设的巨石阵。当晚所宿的度假村，即在天然的穹顶下，厨房甚至直接借诸山岩，而未经搭盖。凸出其上的赤色岩石，有一道道如漆的水迹涂染，奇突怪异。只是不知何故，所经之处极少鸟鸣，只有我们一行的足音；弥漫在山峦间的，像是亘古如斯的岑寂。随处可见的人迹证明了这是错觉。但这份寂静真不可解，何以竟深到如斯。

　　赖由这一"实地"，我由文献中读出的人物渐形生动，隐约可感他们的呼吸。留在砖石山岩上、为"大自然"所保存的历史，与文字历史，在相互注释中见出了饱满。

　　即使确有"人迹"，宁都的山仍然有一种像是未经驯化，以至"鸿蒙未开"的朴拙古老。这不是那种可直接入画、即合于国画技法要求的山，山并不高峻，山形也算不得美。我所喜爱的，正是这种"非标准化"，像是恣意伸展的任性与朴质，这种未经过分雕饰、未经人类审美文化"规范"的浑朴，甚至粗粝。刘献廷比较江南、江西山水，说，"江西风土，与江南迥异。江南山水树木，虽美丽而有富贵闺阁气，与吾辈性情不相浃洽，江西则皆森秀疏插，有超然远举之致。吾谓目中所见山水，当以此为第一。"还说，"它日纵不能卜居，亦当流寓一二载，以洗涤尘秽，开拓其心胸，死无恨矣"（《广阳杂记》卷四）。我对江南（其实即吴越）山水全无心得，对于刘氏的说法无从评论，却自以为能理解他的感受。

　　对于这里发展旅游业的前景，我却不敢乐观。中国的山太多。发展旅游业需要多种条件的辏集，除交通外，还有人们的观赏习惯、审美期待。因而我实在不愿看到盲目的旅游开发，如这里进行中的那样。翠微峰壁正在镶嵌时贤的书法作品，令人看得心疼。我们已有太多破坏性的"开发"，使其地永不可能复原。何不暂时留一带青山，任农民在那里栽培、养殖，不去惊扰其地的宁静？

由抚州赴乐安县境内的流坑村，途经临川、崇仁，车窗外有茂林修竹。较之离开不久的宁都，这里有显然经营得更好的乡村。我却被自己的思绪所缠绕，像是留在了那一片雨中的山峦间，沉溺在了那片清幽中，难以拔出。我知道经了此行，那些山真的与我有了某种缘。这想必也因了人物，我所寻访的人物，与我在这里邂逅的人物。

倘若不是县文联的曾先生，我们在南丰将一无所获。这里的人们对于明清之交城西的"程山学舍"，似乎已茫无所知。他们自然也不大可能知道，300年前，曾有几个南丰人士，与宁都山中的一班士人此呼彼应。

流经南丰的，有盱江，旧亦作旴江。江右地势，陂陀起伏，此行全程未见大山，却屡见大水，令我约略体味了"江入大荒流"的意境。几乎所经过的每一城都傍着江。不但章、贡二江，沿途经过的，无不是名副其实的江，是大水，而非干河床上的一弯细流。于是一再看到杨柳岸，近岸的树干半浸在水中。"赣水苍茫闽山碧"。曾有人告诉我，他

"文革"中过赣江时，印象极深的，是那水的清冽。我所见江右的江已不如是，"苍茫"却依旧。

每涉足"遗迹"，第一个念头，即分辨真伪（"伪"包括了后世的补充、添加、增饰、改造等等）——或许多少也是一种"学者病"？南昌的八大山人故居、赣州的郁孤台、南丰的曾巩读书台，均应属"遗址"或曰"原址"，只有那些山是无疑的"旧物"，尽管经了岁月的剥蚀。所幸流坑的民居尚不失为"旧物"，纵然年代难以一一厘定。沿途我已在注意"老房子"，在瑞金苏区中央政府所在地，在宁都近郊。流坑村自然集中了更多、保存更为完好的"老房子"。近几年与"老房子"有关的时尚，毋宁说是由出版界蓄意制造的；时尚的视野却也助成着对流坑一类地方的发现。然而这村子令我感动的，却更是流荡在古老建筑间的活的人生的气息——进门处有米柜，农具靠在墙上，饭桌上、天井的水池边，是刚洗过的青菜。今人与古人，前人与后人，那些富有而显赫的人物，与他们的农人后裔，俨然共享着同一空间。只要想到在这些老房子中每天以至每时都会发生的相遇与"交流"，想到你随时可能与活在另一时间的人物擦肩而过，无论如何是一种神秘的经验。较之午后的傩戏表演，这些实物与尚在进行着的日常生活，或许更有民俗学的价值。

吸引我的，还有村中的深巷。紧紧地夹在高墙间，青砖被岁月所剥蚀，像是随时会有旧时人物，由巷子深处走来。是正午时分，几处门廊下，有围坐聊天的男女，很闲散的样子。孩子们则端了大碗倚门而食。巷中有烧柴禾的气味，令我与在乡下生活过的同伴欣然。这气味是我们曾经熟悉的，却在城居中久违了。

流坑村外又见到了大樟树，有村妇在樟树下编织。附近的小学校园中，残存的祠堂石柱，立在空旷处，别有一种残缺的美。村人告诉我们，这小学有500多名学生，教员久已得不到工资，倘若停课，即会遭除名。倘若真的这样，那些教员一定在"坚守岗位"无疑，只是不知道他们将如何保证教学质量。但这想必不是那些孩子所担心的，他们围在这旧时学舍的两方水池边，嬉闹得一派天真。

过后查了一下地图，才知道我们的此行，纵横行驶，途经地域之广，是我行前未曾料及的。连续乘车，在我也是破纪录的经历。其中南丰到抚州的一段行程最有趣味。夜行的车中播放着"老歌"，我的身边是一路大唱的快活的年轻司机和他的女友。过了南城，"五十铃"在一段坑坑洼洼的烂路上颠上颠下时，司机给我们讲了他开夜车的经验。

我的旅行，通常无所用心，本来就没有考据癖，对于由来、故实，概不追究，得其意而已。自己以为佳景的，多属境与心会，其缘由未必说得清楚。这回稍有不同，因带了"任务"，不免多了点好奇心；回来后查书，又难免要掉一点书袋。其实一向有赖于"行走"的学术，社会学、人类学、民俗学就是。我是喜欢"行走"的，却第一次使行走与学术发生了干系。即使不便言"考察"，在我，也是一种新鲜的经历。只不过另有代价，即太有期待，有过分明确的目的性——这也应当是学术性考察与旅游的不同之处。文人随时书写的习癖，也势必影响到观看，有如摄影爱好者的习于经由取景框看世界，不免将"外部世界"框限、"画面化"了。"意图"规范了视觉，多少牺牲了获取更丰富的印象的可能性。

离开南昌，在杭州的宾馆、西湖游艇上，已开始了咀嚼，反刍。返京前的那个上午，在"虎跑"的茶室，要了一杯茶，在旅游景点门票的背面，写下了片段的文句。附近有一两桌高声谈笑的茶客，但我的心很沉静。窗外是江南的花木，浮出在我眼前的，却依然是赣南的江水，烟雨中的山峦林木。

　　写作在"行走"中，不消说与书斋风味不同。或许有一天，我能摆脱对于书斋的依赖，在随便什么场合写作，在旅中，在客舍、茶寮中。我知道自己仍然会在书桌边待得很安心，却也会在另一个日子里，携了纸笔启程。

雨中过居庸关

那年夏天由包头返回北京，清晨时分车过延庆，车窗外正在落雨。偶尔瞥见了道边"狼山"这地名，精神为之一振。之后又与"青龙桥"这字样迎面相遇，瞥见了车站边的詹天佑墓；而后是居庸关。我对于地名，略有一点"文字敏感"，在日本看到"浅草"这地名，就不免望文生义，有某种意象浮出脑际。以往多在京城以南往返，那次由内蒙古回京，初过京西一带，触目皆新鲜。在这干旱的华北平原，官厅水库算得上"巨浸"，却只能由列车上远远地看过去，未能去亲近那一片水罢了。

因系雨天，铁路沿线诸山烟云缭绕，尤其居庸关一带，矗立的高压输电线与亭阁并置在同一画面上，有一种奇异的情调。雨水冲刷着岩石，仅余了墙基的长城，贴在山脊上，蜿蜒接上了耸峙岭上的烽火台。这以砖石书写于"实地"的历史，在烟云缭绕间见出了深远。看着重峦叠嶂间的"遗痕"。你不难想象工程的浩大，施工的艰难，只能赖有以生命为抵押的苦役犯的劳作。当然你还会想到，在这样的所在，军械、粮饷的运送，该有何等不易。

读明人的文字，往往遇到京畿诸关隘的字样，以及屡屡见诸明清之际文献、为兵家必争的古北口、墙子岭、喜峰口、一片石之类，总令人有异样的感觉，似乎看到了月光下铁甲刀兵的反光，嗅到了硝烟尘沙的气味。那些个地名各有故事，甚至重重叠叠的故事。崇祯十一年（1638）秋，清兵自墙子岭入；吴三桂引清兵入关，曾大败李自成军于一片石，都不过是诸多故事中的一两则罢了。

崇祯九年（1636），卢象昇以兵部左侍郎兼都察院右金都御史总督宣、大、山西军务，奏疏中说"曾由居庸关历岔道、柳沟、永宁、刘斌堡、周四沟、黑汉岭、四海治、火焰山、靖胡堡、滴水崖、宁远堡、长伸地、龙门所、牧马堡、镇安堡、青泉堡、两河口、镇宁口、独石口、回环四百余里，其间大小隘口不下四十余处"（《请增标营兵饷疏》，《卢忠肃公集》卷五）。另疏则说自己"从昌平、得胜口出柳沟、南山以达永宁、延庆州，登火焰山，历靖胡、宁远诸堡而抵独石、龙门、张家等口，直至万全、右卫、柴沟、新河，迂回曲折，尽一千三百里之长边，盖无处不到矣"（《处分协府将备疏》，同书卷六）。这一长串地名看得我眼花缭乱。但这明末名将却不是战死在他提到的那些个关隘堡寨，而是死在钜鹿贾庄、无遮无拦的冀南大平原上。当年有人哭卢象昇之死，说"遥望将军酣战处，贾庄落日起悲风"（《哭卢司马》，《卢忠肃公集》卷首）。卢氏如若说死于战场，毋宁说死于党争。知不可为而不得不为，不能不为，死得实在可惜。

我真的佩服那些晚明史专家，将其时犬牙交错的战场形势、头绪繁多的大小战役，梳理得井井有条。我读与战事有关的文献，记住的却往往是情境、人物，即使这次的过居庸关，想到的也不是某一次具体的战役，而是实地感受了这古战场的寂寥空旷；令我怦然心动的，是岩石上淋漓的水迹，闪亮的水光。其实我关于卢象昇、孙传庭，更为动心的，是其人的被置于"绝境""死地"时的悲情——仍然是以"文学"的方式读史。较之史实，兴趣始终更在人的境遇与命运。而对关隘厄塞这种"历史地理"环境的兴趣，固然来自文字历史，却也有可或多或少出于青少年时代培养的"英雄主义"的激情。这种激情虽然经了岁月的销蚀，却依然藏在了"内心"的某处，一旦读史，也就被唤起。在这种时候，你知道了自己的心还没有干冷。

自昔传说中黄帝与蚩尤战于涿鹿之野，这片土地上发生了太多的战争。密布的关隘,无非天造地设又加了人工的战场。古人所谓的"山川形胜",往往正是由军事方面着眼。明代的王士性说"长安称关中,盖东有函关,西有散关,南有武关,北有萧关",其他尚有大震关之在陇右,瓦亭关之在固原,骆谷关之在盩厔,子午关之在南山,蒲津关之在同州,豹头关之在汉中(《广志绎》卷三《江北四省》)——拱卫长安,竟有如此多道关!

写过一篇关于明清之际的文字,题作"谈兵",分析的是明人,尤其明末士人的兵事之谈以及谈兵者的心态。其实我的兴趣更在与"兵"有关的意象,写完了那一篇,也并没有增多关于"兵"的知识;每当触到与军事有关的地名,即如陆游的"楼船夜雪瓜州渡,铁马秋风大散关",总会有莫名的感动。刻印在史书中的那些字样,各各挟了一段烟尘,让人顿生莽苍辽远之想。曾经设想过携了史籍遍访天下雄关,尤其史书诗词中一再提到的诸关,即如被认为京师屏障的渝关(今山海关)、居庸关、紫荆关、倒马关、井陉关,以及陕地的大散关,山西的娘子关、宁武关、雁门关……这些个关,仅字面就对我有神秘的吸引,至今却除了居庸关、山海关、嘉峪关外,到过的唯有江西境内的梅关,曾在纪游文字中写到,说其地在今人看来,并非"雄关",无险可以扼守。作为标志的关门雨迹斑驳，记得楹联写的是"梅止行人渴，关防暴客来"，据说系赣人所设，为粤人所不满；那拟想中的"暴客"，多半自南而来的吧。此门不知是何年月的旧物，今天尚无恙否？到过的诸关，山海关最称雄伟，嘉峪关则更苍凉，且格局完整，一组建筑，错落层叠。与三四友人站在城楼上，斜阳下四面临风，绵亘在远处的，是祁连山的雪峰。那种感觉，是游山海关时不曾体验的。山海关作为旅游景点太"热"，又经了粉刷油漆，而嘉峪关，至少我们登临之时，尚未加修缮，保留了较多"历史"的颜色。我的经验是，你不如满足于品味文字，不必定要踏勘那"实地"，若是你不想破坏酝酿已久的意境的话。

　　"关"在用来抵拒敌国外患之外，更经常的，或许是行政分割的标记。"日暮乡关何处是，烟波江上使人愁"（崔颢《黄鹤楼》），"关"与"乡"一道，盛载了游子的乡思。交通日益便利，乡愁也就日见淡薄。明人称"绝塞"的，早已是人烟辐辏之区。去年春夏之交，到了瓜州古渡对岸的镇江，竟唤不起历史的沧桑感，无论乡愁。读城墙、读关，无非是在读刻写在砖石上的历史，读流经砖石的岁月，培养由"实物"感知历史的能力。砖石所记录的，是王朝的一部分历史；其粗糙的表层，正令人想到"历史"可触摸的质地。即如明朝，将最后挣扎的痕迹也留在了"墙"上，使后人的历史想象有所凭借。"实物历史"正在迅速消失，或被以商业目的改造。这种消失与改造不可避免地重塑着人们感知、想象历史的方式。这种更为隐蔽的改写历史的过程，往往为人所不觉。

据张穆《顾亭林先生年谱》，顾炎武于顺治十六年（1659）出山海关，返，至永平之昌黎，著《营平二州史事》六卷，有《山海关》一首，《居庸关》二首，其中一联曰"居庸突兀倚青天，一涧泉流鸟道悬"。①顺治十七年（1660），康熙元年（1662）、三年（1664）、八年（1669）、十六年（1677），顾氏又前后五次到昌平。他一谒再谒的天寿山，乃明皇陵所在。说谒天寿山其实也就是谒明陵，亦一种"政治表态"的动作。②年事渐高，我自己早已淡去了踏勘的雄心，也想不出该如何进行——是如谈迁似的"担簦"步行，还是像顾炎武的以二马二骡"载书自随"？不可解的是，何以当年那"乱世"尚没有如今天这样严重的安全问题，以至你已不敢涉足人迹罕至之地——在这一点

---

① 王冀民《顾亭林诗笺释》引《吕氏春秋》"山有九塞"，说居庸即其一，汉代称"军都关"，北齐名"纳款关"，唐朝称"蓟门关"，为太行八陉之第八陉。

② 年谱以《古北口》一首、《五十初度时在昌平》一首系于康熙元年。

上，真不知是进步还是退步。最可靠的，自然还是神游于记述雄关险隘的文字之间。即使真到了"实地"，你所能感受的，也依然是"意象"，你个人的历史想象。如此看来，踏勘也不过是想象的触媒而已。

上一次去作为旅游景点的长城，已记不清是何时候。较之经了整修的古迹，倒不如去看残迹以至废墟。20世纪80年代在西安参观兵马俑，令我心动的，是尚未充分开掘的部分。那些露出在土层外的兵士的头颅，残缺不全的肢体，令人不能不去想象血战之余"穴胸断脰"的惨烈。所见平遥、兴城的城墙，均经了整修。2002年在山海关所见的墙，修补痕迹清晰可辨，合于文物保存的原则。这些段城墙自然各有故事；那些砖石始终在讲述着什么，只是我们有可能不善于倾听，或听而不闻罢了。我所见过的最雄伟的明代城墙在南京。1975年由城墙下走，只见苔痕斑驳，水迹纵横；2002年春重访该地，在玄武湖边所见的一段已过于整饬，不免令人生疑。坐在玄武湖边看明城墙，想到的却是不知有多少砖石是当年旧物，未免败坏了兴致。

毛泽东曾引朱元璋的"高筑墙，广积粮，缓称王"。明定鼎后持续地筑墙。明长城无疑是规模最大的墙。明末边政，"边墙"是一个大题目。在今人想来，在广袤的松辽平原上，那些墙，真的不知道效用如何。读陈子龙等人所辑《皇明经世文编》，谈兵者关于边墙的主张针锋相对。反对的一方，理由就有，筑墙不过方便了消极避战：征之明末的战事，谁曰不然！读有关的记述，我想到的是其时的军人瑟缩于边墙之下，冀延一日之命，卢象升就说过，"盖塞上一墙，便是华夷之界"，明军畏"夷"如虎，往往敌方"掩至门庭，犹然不觉"（《请饬秋防疏》，《卢忠肃公集》卷十）。明亡之际的事实证明了，无论关隘还是边墙（包括长城），以至于当时的先进武器（火器），均不足以拯救一个颓败的王朝。最坚固的长城，本不是用砖石构筑的。

2003年"十一"长假，居民小区附近的"元大都城垣遗址公园"整修后开放，曾与丈夫向东向西各走了一趟。东行游人渐少，那"城"也渐显。铺了草皮的土墙，虽不高峻，却壁立，草叶在阳光下的反光，若水之流泻。一路走过，令我难忘的也就是这段墙。

雨中过居庸关一些年后，记忆中那水光闪闪的岩石，仍清晰如昨。遥想当年，萧萧马鸣，猎猎旆旌——今人还能否由风中隐约听到铁马金戈的撞击声？

贵州一日

已是抵达贵州的第四天，学术讨论会及会后的活动已结束。依来黔前的约定，上午是面向本科生、研究生的讲座。演讲10时许开始。尽管近于座无虚席，却觉得报告厅空旷，清幽，四壁间似有回声。我随时能感觉到坐在右侧的伟华的专注的目光。她由北大读博返回贵州后，已是一个干练的学术活动的组织者，不再是我记忆中的那个女孩。演讲后走在校园中，伟华挽着我的臂，流了眼泪，说惭愧自己荒废了学术。我其实很了解在地方院校做一点事的艰难，也不认为只有学术是唯一值得致力的事业。

下午，按计划访问贵阳、安顺间的一个村子——是来黔前由我提出，伟华安排的。曾在北方的乡村插队，尽管看到过南方的村庄，走进农舍，这似乎是第一次。村子离公路不远。据当地的干部说，贵州的贫困乡村多在山里，有些处至今道路不通。这村庄在平坝上，农舍密集而高低错落，没有北方式的农家小院。尽管天气晴好，村路仍泥泞，烂泥中有牲口的粪便。也如此行所见贵州其他处的乡村，就地取材，农舍的外墙用石片叠成，屋顶也用石片苫盖，由我似的北方人看来，觉得不如北方的土木结构的居所严丝合缝，不知到了冬季是否真的能蔽风雨。也如在"屯堡"所见民居，宜于观赏，尤其俯视，却像是并不舒适。但我也知道，每一地的民居，都在悠长的岁月中形成，适应着当地的环境、气候，形制、格局必有其合理性，非观光客所能知。

去了村子中较贫困的几户人家。楼底进门的一间，北方作为"堂屋"者，无不狭小局促，堆放着粮食、杂物，砌着锅灶。有的人家，阁楼由树枝棚起，像是不能承重，却是一家老小的卧室。先去的一家的主人，是村子里的代课教师。家中绝无长物，没有看到一本书，阁楼的床板上，堆着一团烂棉絮。代课教师看来体质较弱，说到收入的微薄，神情忧郁。他已代课多年，还没有转为正式教师。尽管陪同的村干部表示已尽力关照，但这样的家境，怕是难以让这位乡村知识分子保持尊严的吧。另外的一家则已婚的兄弟同住一处，也同样逼窄狭小，当门的一间，墙角的锅灶据说是老人自己做饭用的。

陪我来村里的，有一位贵州师大的硕士生，途中讲述了她自己的故事，和她与同学参与扶贫活动的见闻。女孩是贫困生，除得到有限的资助外，有时也发表一点文章在报刊上，补贴日用。女孩很向往北京，希望将来能到外地读博，我却担心她难以与京沪等地名校的学生竞争。较之大城市、名校学生，她的学术训练或许不若，"知识水平"却未必在那些年轻人之下，如果所谓的"知识"包括得之于阅历的社会生活的知识的话。回到北京后收到了她应许寄给我的她与同学记述扶贫活动的文字。文字是幼稚的，但这些年轻人所承受的沉重，却非我在北京的学生所能想象。

赶到安顺的文庙，天已向晚，已是钱君与当地的一些从事农村建设以及参与社会调研的知识分子茶叙之后。这文庙的文物价值无可怀疑。即使在薄暗中，也看得出这一组建筑的弘敞精致，据说是当地读书人的聚会之所，确也有有心人在经营这份文化事业。院子的一角有茶座，空气中飘散着乐音。当时就想，倘若这一组建筑在京城，一定不会如此冷清的吧。即刻又想，总想将天下的好东西搜罗到京城，是不是也有京城人的贪婪与自私？我们占有的资源已足够丰富，却并没有与此相称的贡献。比如我自己，就不曾像眼前的这些知识者那样，切实地在一个村子与村民一同从事建设，也不曾参与如此深入系统的社会调查。顾炎武说"诉诸空言不如见之于行事之深切著明也"，能"见之于行事"的，就有我面前的这些人。一本厚重的《屯堡乡民社会》递到了我手中，参与这项调研的，有和我一同前来的师大的那位研究生。我想她是幸运的。尽管不能拥有京沪的青年所有的物质条件与文化生活，却在这样的一些活力四溢的知识者中，在这种严肃而生动的氛围中。发生在这里的，不大像是20世纪90年代后的故事。这种纯正的风味，或许正因了远离喧嚣才有可能？

餐后同当地的朋友在老城区闲走。那段老街多少保存了一点这小城旧日生活的气氛。在贵州师大校园中曾不意遇到一座像是20世纪五六十年代的旧建筑，那年头的大礼堂或室内运动场，顿觉熟悉而亲切。几年前在莫斯科街头，看到不同时期的建筑并存，就很有点感慨，想到我们民族"苟日新，日日新，又日新""日新月异""革故鼎新"的古训，是否被误读，至少是仅仅字面上的理解。时时追求面貌一新，必欲将旧日生活荡涤净尽，固然不利于文化（尤其物质文化，更尤其建筑文化）的保存，也支持了目下到处进行中的大拆大建。曾留学西欧的小朋友说，他们许多年后重返当年居住的城市，发现不但城市面目依旧，连街角的小报摊也仍在原处，使他们有瞬间的迷茫。无论欧洲的"不变"还是中国的多变，都难以做简单的价值估量。鲁迅说的是"时时上征，时时反顾，时时进光明之长途，时时念辉煌之旧有，故其新者日新，而其古亦不死"（《摩罗诗力说》）。

夜的安顺城令人安适。入夜未久，那段老街正度过一天中最闲散的一段时光。石板路面反射着灯光，跑过眼前的是嬉闹的孩子。老街不宽，有的人家烧饭的炉子就在道边。临街的二层木板小楼，风味古旧，窗上印着灯下做功课的孩子的身影。不知这段老街还能保留多久，会否也像北京的胡同，在"城市改造"的名义下被大片地夷平。

回到宾馆，继续听钱君与当地朋友闲谈。钱君是老友，这"老"是有时间长度的，已近30年。我早就知道他在贵州在安顺有一些朋友，被他以"精神支柱"形容。我知道他们一同度过了"文革"中的一些非常岁月，共有一段非常的历史。但这些人物毕竟到这时才站在我面前。由贵阳一家书店中钱君著述的专柜，到这个晚上的聚谈，我不能不感动于一个人与其客居地的关系，竟有如是的"血肉相连"，在我看来，几乎像是现代传奇。回到北京后，我在几个场合谈到这传奇。我自己则与任何一地都不可能建立这样的关系，是漂浮在"生活"上的耽于冥想的书斋动物。

返京途中读贵州作家戴明贤的散文集《一个人的安顺》，又嗅到了那老街的气味。久矣夫没有读到这样的佳文字了。戴氏的笔墨细腻温暖而富于情趣，正宜于讲述这样的小城故事。

回到北京后收看央视播放的影片《青红》，即刻记起了贵州师范大学宾馆天井中滴滴答答的雨声，天地间扯着的水帘，也想到了那位面容愁苦的代课老师，那些致力于乡村建设的生气勃勃的知识者。尽管不过几天，相信已与这地方结缘——远方的那些人们，那里发生的事情，都将与我有关。

重游日月潭

2007年、2010年访台期间，曾两度到南投的暨南大学，均系应暨大的学玲所邀。学玲任教于暨大中文系，所做的研究与我在同一时段且有交集。游日月潭，是讲学活动的"余兴"。2010年的一次，因与老伴偕行，尤其难忘。

由台中到南投，地貌渐变，绿意也更浓。岗峦间公路边的地名标牌，有"国姓"的字样迎面而来。于是我知道了那地方与郑成功有关。郑成功被赐姓朱（即明代所谓的"国姓"），也叫朱成功，在我的学术研究范围。不曾想到在这旅途中，会与"研究对象"如此地相遇。到暨大时虽已是黄昏时分，天光尚明亮，较之前一次，对这位于山上的美丽的校园，看得更清晰。次日清晨走出校内客舍，满眼是明亮而柔和的绿，空气清新甘洌，周边环境清幽开敞，不由你不陶醉。

两次游湖的当日，都风和日丽，波光潋滟。重游有原先即已认识的暨大学生琇慧一道。琇慧的质朴诚悫，是我在

与得后在日月潭

大陆的同龄人中难得见到的。下午回到临湖的教师会馆——
应当是提供给教师的休闲场所，虽不豪华却十分雅致，设计
很用心，处处舒适温馨——坐在住室的阳台上，边喝咖啡，
边与琇慧闲谈，眼光却总为楼下湖湾的景色所吸引，难以移
开。晚间演讲后，学玲开车送我返回，山中一派清寂，叶缝
间闪出零落的灯火。偶尔瞥一眼车灯照亮的学玲的侧影。车
上那些琐琐细细的话，像是都印在了记忆中的山道上。走进
会馆的大堂，见老伴坐在葱茏的花木与闪烁的灯饰间，一时

回不过神来，觉得一切都恍若梦中。

两次游湖都在台湾的秋天。初游那次到湖边时，欲雨未雨。在宾馆的房间小憩，躺在窗下的榻上看水，只见天边云隙间横着一道明亮的光，层云下湖面平远空旷，别是一种风韵。隐约可闻楼下水边吕先生与暨大陶先生的语声，讶异自己何以身在此地，如此宁适，不但远离了"尘嚣"，也暂离了学术，身心舒泰。像是很久没有体验过这种松弛了。

在看过了大陆的青海湖、千岛湖以及宁夏的沙湖等等之后，我不能说日月潭给了我怎样的惊喜。前后几次台湾之行，较之山水，更能令我一再回味的，往往是那种气息，人与人之间的温情。你走过的地方，并非都有短暂相聚却历久不能忘记的人。在暨大的两次讲学，题目均关"明清之际"。演讲中印象深刻的，就有暨大师生间互动时，那种家庭般融和的气氛，觉得与到访过的台北、新竹的名校，风味不同。因了自己曾经做过教员，对这种氛围尤其感受得亲切，不免会想到在这远离都市的苍翠丛山间，一些优秀的学人，与淳朴的学生相对，应当是一件美好的事。较之我们，总觉得那些老师是更纯正的书生。

由南投陂陀的岗阜间走出，在彰化短暂停留期间，对几十位读硕的中学老师讲沈从文，那气氛也难忘。难忘的甚至有校门外吃过早点的小店。数度游台，事后常常记起的，往往是市井街巷间寻常的风景：台北马路边的豆浆摊点，城郊道旁向公交车司机递送便当的露天食摊，鹿港街头的小餐馆……你在这种地方随处领受到温情与友善。"诚信"其实只是底线而已；倘若仅有诚信，台湾不足以令大陆游客有那样深的感触的吧。

在我的记忆中温暖着的，另有台北市北投的那间造型别致、环境优雅、设施完善的图书馆。当我们走进时，不但没有遭遇查验证件，甚至没有被多看一眼：那些工作人员都在埋头于各自手中的事。坐下来翻阅报纸，见有像是无家可归的老人，由破旧的袋中取出饭盒、筷子去打热水，然后取了份报纸，坐在阅览室外的廊上。能让流浪老人坦然安然地用餐、读报纸的图书馆，是我们有限的经验中未曾进过的。看了分布在那一带的图书馆、温泉展览馆，见雷先生夫妇和女儿已候在宾馆门外。雷先生夫妇和女儿是我们最早结识的台湾友人，对居住环境的安排极其细心体贴。较之旅游指南上的"景点"，在我们看来，这当地居民可以日常享用的空间，确也更值得流连。

几度赴台都不免想到，这隔海想象中蓝绿恶斗的地面，绝非戾气充斥，倒像是一派安详宁和，而且安详得极平常，极家常，是岛上居民习惯了的常态，无所用其"倡导"。看来要了解一个地方，仅据媒体是靠不住的，还要用两脚去"踏勘"，动员你的全部感官去感受。

至于所到过的大学、研究机构，我的感觉，那里的空气至少比较健康，或者说较为正常。尽管也分蓝绿，却未见水火不相容，如我们这里"文革"的派仗中那样。所交往的学人、文化人无不温文尔雅；与其中的几位相处，只觉其醇厚肫挚，有古君子之风。"社会"似乎也未见真的"撕裂"。当然，我不过是访客，知道那些大学、科研机构一定有他们的问题，甚至体制方面的问题，却仍然不失"正常"的吧。这"正常"，岂是我们都能指望的？其实你想要的，或许就只不过是"正常"而已。

去年的今天，刚由台岛返回。一年后回想，那段旅程历历在目，印象依旧新鲜。于是就将追忆所及写在了上面。

遥远，遥远
——俄罗斯之行琐记

　　到达莫斯科机场，已是下午。由机场到市区，所见无不平常，一时竟没有异国之感，平静得令自己生疑。这片梦中的土地，见之于这个晴明的日子，心情竟如常地平淡，波澜不兴。当晚在马雅可夫斯基广场附近的中餐馆用餐前，有机会在这红色诗人的铜像前拍照。苍茫暮色中，这巨大的雕像摆出的，正是中国知识者曾经熟悉的威猛的姿势。我猜想欧美的游客会不知此君乃何许人的吧。在此处流连的，大约只是中国大陆人，而且必是我的同代人或前辈。旅伴中有青年时代曾经写过诗的，这一刻或许记起了《好》或《列宁》中的若干诗句。回到北京后朋友翻看我的相册，惊讶于这雕像的依然矗立。他们或许由此想到了一个富有教养的民族对于自己历史的态度？

　　直到坐在宇宙饭店的客房的窗台上，对着窗下的灯火，仍然要一再提醒自己已身在莫斯科。这是真的。路灯下有稀疏的行人。街对面据说是展览馆的一组建筑，在精心设计的灯光下如梦如幻。此后在莫斯科的几天里，我们随处见到城中的大片林地，以及广场直到居民区的各种纪念性的人物雕像。这正应当是我想象中的俄国，尽管似乎并没有刻意去想象。

行前见到了"带一本书去巴黎"这样的好题目。倘若要带一本书到俄国，我还想不出应该带的是哪一本。为了唤醒记忆，我的确将手边容易找到的"文革"前印制的小书带上了客机，契诃夫的《草原》，库普林的《阿列霞》，想借这些书"入境"，事后自己也不禁失笑：何不"物来顺应"，享受一份单纯的快乐！但此后的经验证明，因了对俄国的阅读从一开始就太为文学所引导，不唯我，即同行的师友也像是随时在为记忆中的文学寻求印证，因而快乐已不能单纯。《草原》是曾经令我沉醉的，当我在机舱的灯光下温习旧课，发现的却是自己已不能返回当年的阅读状态。个人的"阅读史"竟也如此不可逆。

此行的安排是"莫斯科—圣彼得堡—莫斯科"。列车到圣彼得堡时，这城市尚在黎明前的浓睡中。由车站赴饭店的路上，听导游小姐安娜讲这座城市，其间说到老人处境

散文季节

的艰难。当天在尼古拉一世铜像下，就见到了乞讨的老人，有着似曾见到过的俄罗斯老妈妈的慈祥的脸，令我此后一再黯然地记起。我搂住老人肥厚的肩请孙老师拍了照。照片影像模糊，我看不清她的表情。事后一再不安地想，我并未在拍照前征得她的同意，这一动作会否使她感到屈辱？我是否在"以富骄人"而不自知？回到北京后丈夫看到这幅照片，说，这不就是当年的劳动者吗？那些快乐的"苏联劳动者"的形象，曾经是我们读熟了的。以下的几天里也看到过乞讨的老人，向行人伸出手或易拉罐，并不如行前由别人的游记中读到的，只是沉默而尊严地等待布施。倘若这些老人也如导游安娜小姐那样由中国游客判断中国老人的消费能力，进而做中俄比较，那自然是大大的误解。自费旅游于我已是奢侈，而我知道中国有太多终生未到过县城的老人，他们甚至不大会有"旅游"的梦。

由圣彼得堡波罗的海大饭店餐厅的玻璃窗看出去，海岸空旷静美，尤其当清晨，光色变幻微妙而层次分明、海鸟点点飞起的时刻。深秋的冷寂中，一个戴了绒线帽的男孩出现在这背景上，像是一幅不记得在哪里瞥见的现代派的画。但当你向海岸走近，却看到了瓦砾、一端烧焦了的木料、酒瓶，遍地狼藉。有两个流浪汉模样的男子，互不注视地小声交谈，我即刻想到自己只身来看海，可能是个错误，紧张中竟绊了什么东西，重重地栽倒在沙砾上。两个男子中的一个走过来搀扶我，俯身为我掸去沾在裤腿上的沙子，另一个仍然在低声地向他说着什么。慌乱中我只是急促地用俄语说了声谢谢，匆匆走开。即使事后我也不知道，我是否真的与危险擦肩而过，匆忙走开有没有失礼，应否为得到的帮助而付费，付费将引起怎样的反应。

圣彼得堡为时间所剥蚀，面目沧桑。2003年是建市300周年纪念，随处有脚手架。我不知道看破旧的彼得堡，与看整饰一新的彼得堡利弊若何。那些向旅游者开放的主要景点则无不金碧辉煌，远距离地观看——即如由涅瓦河的游船上，这据说欧洲最美的城市，依然魅力十足。

图拉的雅斯纳亚·波良纳是向往已久的，同行的吴君为了不错失这机会，前一晚坚持带病随我们由彼得堡回到了莫斯科。阅读列夫·托尔斯泰，在我，已是一段遥远的经历。我其实不知道这经历是否也如阅读契诃夫似的不可重复。

在由莫斯科赴图拉的路上，终于看到了早就由歌曲中得知的"原野和森林"，是一些次生林带，并不古老，却因连绵不断而蓄有气势。在这路上，你如愿以偿地看到了白桦林和干草垛，印证了你得之于阅读的印象，也更确证了这真的是你梦中的俄国。草地上很少见到牲畜。由我似的中国人看来，这大片土地的"闲置"未免过于奢侈。我曾在四川看到过农民在山石的缝隙处栽种。途中有或许是莫斯科人的别墅群，有豪宅也有小木屋，房舍间是果园和菜地。别墅的功用想必因人而异；等级在这里，较之城中的公寓楼群，更一目了然。

托尔斯泰庄园正如所期待的宁静美丽。因已深秋，触目是黄叶。在故居附近看到了"穷人树"，听到了曾经熟悉的小木棍的故事——托尔斯泰的兄长声称他藏了小木棍在这林间，倘若弟弟能找到它，这世界从此就不再有苦难、贫穷。据说托尔斯泰终生寻找着这根木棍。只有站在这里，你才会相信这故事并非寓言，那寻找是真实的。你不能不感动于似乎唯俄罗斯才能有的"彻底的"人道主义情怀，亦鲁迅所说的"异常的慈悲性"（《〈医生〉译者附记》）。

尽管已有精神准备，托尔斯泰的墓地仍令我有点不知所措，甚至有些许的失望。墓地在他的兄长所说藏有小木棍的林地中，只是棺木状的凸起，上面覆盖着青草，没有任何其他的提示、点染。这里很喧闹，正有大群由学校组织了来参观的孩子。我所想象的，尚不至于如此朴素到了近乎一无所有。我很可能像那些朝圣者，暗中期待着某种境界，"法相庄严"，以使自己的情绪被导引向高潮——也由此证明了与一个伟大灵魂间的距离。这农夫样的老人紧贴了大地的安眠，岂非最合情理、最顺理成章的？

此后也到了被中国人反复记述过的新处女公墓，在一个雨天。我个人倒是对于帕斯捷尔纳克安睡其中的一处不大著名的公墓，更印象深刻。那里不像新处女公墓，犹如雕塑艺术博物馆，而有一种类似家居的气氛。用了篱笆栅栏隔开的一块块墓地，如左邻右舍般地亲密，杂乱无章却也更有平民风味、人间气味。从新处女公墓出来，途中看到街道中央巨石般的托尔斯泰雕像在雨中，仍不禁怦然心动。这是此行遭遇的仅有的雨天，有深秋的寒意。据说正是俄国多雨的季节，我们却总在晴日里。其实我何尝不想念俄罗斯文学中的雨，只不过圣彼得堡、莫斯科这样的城市，不可能令人体验蒲宁小说中那种淫雨与泥泞罢了。真的想看看雨中的原野与农舍，农夫踽踽而过的道路。

看多了作家故居，不免单调，但故居这本实物的书，确也非纸介质的书所能替代；身在故居听作家的故事，也与通常的阅读所感不同。"故居"这一实地将作家的生平拉近，使其人亲切可感了。不唯在托尔斯泰庄园，而且在莫斯科的托尔斯泰故居，在莫斯科郊外的帕斯捷尔纳克故居，我一再体验了这一点。你的感动确也多少是由实物助成的。即如那张帕氏在其上抵抗癌症病痛的小床，就令人感动于这人物的坚忍强毅。摆放在托尔斯泰故居的作家生前使用过的自行车，向游客播放的拍摄于作家生前的纪录短片——摄取的是万人空巷争睹大师风采的场面——令我有异样之感。你被提示了这伟大人物所处时刻的"经典性"：古代与近代之交，古典风范与"现代化"的交接点上。在最初的感觉中，自行车与纪录片出现在托尔斯泰的生活中，更像是出于剪辑的错误。其实我何尝不曾由他的作品呼吸到20世纪的气息——这农夫般的老人确乎死在了十月革命的前夜，距"二月革命"的1905年不过五年。

我们曾建议取消若干与故居有关的项目，但当不得不参观时，仍然发现有些故居极具情调，即如话剧《大雷雨》的作者奥斯托洛夫斯基的故居。马雅可夫斯基的故居，本身即"表现主义"（？）的艺术品，尽管这一处纪念性建筑或许已被普通俄国人遗忘。这是我们在俄国的行程中的最后一天，因了疲劳，我在这座令人眩晕的纪念馆里感到了不适，提前独自走下楼来。

在所到的故居，你一再被告知陈设的均系原物而非复制品，因而更容易相信你走在作家曾呼吸其间的环境中。无论在故居还是在冬宫、叶卡捷琳娜二世夏宫、彼得夏宫这样的所在，你对展品甚至帐幔或玻璃罩稍有触碰，都会有老妇人及时地走过来干预，或小心地擦拭你有可能留下的指纹，令你惭愧不已。原件的展出倘非有这样细心的照料，也应不敢轻试的吧。但由我似的中国人看来，冬宫等处的向游人敞开，仍然令人担心，尤其在得知付了一笔钱即被准予拍照之后。

因了雨，提前参观了莫斯科的地铁。也如圣彼得堡，因了年久失修，莫斯科的地铁并不像丈夫形容的那样壮丽。只是乘电梯直下地下四层，风驰电掣，如地心之旅，令你猝不及防，的确惊心动魄。

教堂并非计划中的项目。进入圣彼得堡的喀山大教堂，只是为了消磨集合前的那点时间。一旦进入，却不期然地被弥漫其中的宗教氛围所笼罩。这座灰暗破败正待修缮的教堂，内部华丽依旧。时已黄昏，教堂中浸染了浓重的暮色。散置各处的圣像前，烛光荧荧。有年轻的女子坐在那里，忧郁的目光看向缈远的空际。神职人员在主持仪式。混迹在晚祷的人们中，我看到前排有老妇跪倒在地。在莫斯科的耶稣救世大教堂停留，则出自导游古丽雅小姐的提议。这实在是个好主意。这座由民众集资兴建的教堂犹如宗教艺术博物馆。但在我看来，这教堂太过华贵，倒是巨大洞穴般的喀山大教堂，更能令我感受到压抑与挣扎、祈盼，俄罗斯人承受苦难的力量。我也曾看到街边用马赛克镶嵌的圣像前，有年轻女子停步，画十字，然后继续前行。这街头小景也如教堂，令我感动，尽管我明白自己不可能与俄国人分享这份宗教感情。

旅游节目单上也没有美术馆、画廊。经同行的旅伴提议，临时补上了特列恰科夫画廊，却只给了一个小时。自费而限时，有的同伴选择了留在展厅之外。但这画廊实在值得一看。我在这里见到了此前只见之于印制粗劣的画册上的库因芝、列维坦的风景画。团中最年轻的陈君说，能在这里待三个小时就好了。即使在冬宫，你也往往只能由私心喜爱的艺术品前匆匆走过，而在导游选定的若干处稍事停留。你只能观看，无暇品味。这也应当是随团旅游的一份代价。所幸这是一个你所能指望的较为理想的团，由专业界同行组成，大家有同好，安静，克制，自律，领队何先生与导游古丽雅小姐的说法是"素质高"。我不知这样的评价是在何种比较中形成的。

我开玩笑地对何先生说，"革命不是涅瓦大街的人行道"，这条人行道是必得走一走的。何先生瞠目以对。这年龄的年轻人大概已不知我所征引的出自何典。

每当出游，对"名胜"往往无所会心，记住的多半是途中寻常百姓的生活情景。在俄国时就有朦胧的一念，以为事后回想的，不大会是那些个早由其他处看得太熟了的"景点"，而是普通俄国人活动其中的街市，即如在圣彼得堡、莫斯科，一再由大巴中观看的街景。我也曾站在街头看往来的行人；走过的俄国人对外国游客视若无睹，方便了我隐身似的观看。随时有美丽的年轻女子走来，意态矜持，着装典雅，由古老的街景衬映，无不如画。见到更多的，是提着购物袋蹒跚地横过马路的老妇人，腰板笔挺，神情尊严，一律着风衣或呢大衣，靴子，裙装；无论盛装还是便装，由我看来，都整饬而有品位。即使乞讨的老妇，也像是不肯用褴褛邋遢去邀怜悯，所着有可能是她们最体面的服装。也有偶尔的例外，你会被告知那是吉普赛人。服饰之为"文化"赖有长久的积累，不是一夜暴富者所能即可获取。我还在莫斯科河岸的堤墙上看到了酒瓶，也如波罗的海沿岸，或许是隔夜的酒徒留下的。路边灯柱下也偶见酒瓶。确也看到过年轻人手握了酒瓶豪饮。

坐在大巴中，最有一份从容，尽管你正在奔赴某地。由图拉、由莫斯科郊外的帕斯捷尔纳克故居返回，车窗外沉沉暮色中，是莫斯科近郊的林木，渐次亮起来的城市灯火。两座城市中住宅区的大门洞往往破旧，墙面上有涂鸦；你不能看进那院落深处。走了一周多，仍然在普通俄国人的生活之外。由车窗中是不可能看入"日常"的，即使你瞥见了一掠而过的菜场、食品店（也是最常看到的商店），雅致精巧的路边咖啡馆。真的想走近些，再走近些，但这是依照节目单活动的游客所不能做到的。

仅据你走过的一两座城市——即使如莫斯科、圣彼得堡这样的城市——谈论"俄罗斯"，自然过于夸张。事实上，此行所见俄罗斯人，除了导游安娜、古丽雅，司机廖尼亚，只是在饭店和在路上，亲近无从。尽管在"实地"，却无异于从银幕、电视屏幕上观看。甚至没有机会领略由别人那里读到的俄国人拒人千里的冷漠。由于诸种手续由旅行社代办，不曾发生如别人所遭遇的意外，也就无缘领略传说中俄国的低效率与低服务质量，因而在多数情况下，可以不受干扰地一任自己沉湎在无可分析的思绪中。耶稣救世大教堂外偶遇的像是来自乡下的贫穷老妇，由大巴所见莫斯科郊外胡须蓬乱拦车乞讨的老翁，却像是直接由19世纪的俄国小说中走出，令你想到你由书中读到的那个俄国，未必真的那么遥远。

我的感觉并未因了"行旅"这一种情境的刺激而活跃，倒像是较平日更为迟钝。我知道自己不过看到了想看的东西。尽管得之于文学的俄国早已模糊漫漶，情节、情境（更无论细节）不复能记忆，因而不便按图索骥，在实地所阅读的，却仍不免是"文学的俄罗斯"。我明白自己走在俄国，更是在回访"青春岁月"，回访对于俄国文学的阅读经验，重访一段记忆，一段旧日情怀；而这情怀也为时间所侵蚀，不复"旧物"，缠绵心头的究竟是何种意绪，竟也无从分辨。如若没有太大的意外，这种旅游的效果，几乎是可以预期的。时下那些以文学为招徕的旅游也应大同小异。因而我没有把握鼓励较我年轻的朋友去看俄国，因为我不知他们有何种期待，那期待是否有可能得到满足。

行旅中有不快。在圣彼得堡，大约出于商业方面的算计，接待方延误了预定的参观时间，使得我们一行在最负盛名的冬宫，只能赶路般地匆匆走过。也遇到过敌意。大约是由托尔斯泰故居走出的时候，一个十几岁的男孩子，伸出中指做猥亵的动作，大声喊叫着什么。那些旅游定点餐馆——尤其国人所开中餐馆，想必只能靠来自中国的旅游团维持，否则中国人在这里谋生就太容易了。往返两个城市时，均在夜间，你知道你走过了想望已久的俄罗斯大地，却只能看到车窗外浓密的夜色与飘拂而过的蒸汽。至于圣彼得堡与莫斯科，我像是更喜欢后一座城市，喜欢她的空旷，舒展，不同历史时期借诸建筑物而空间并置，相互衬映却又不失总体的和谐，有些处几于衔接到天衣无缝。

无论圣彼得堡的波罗的海饭店，还是莫斯科的宇宙饭店，都满是同胞，大陆以及香港、台湾的。不止一次遇到餐桌对面探询的眼神，"Japanese？"看来欧美人还不大习惯于分辨东方、亚洲，我们则自以为与日本人，除了肤色并没有多少共同之处。在电梯上与白皮肤蓝眼睛相遇，也曾见绅士模样的老人斜睨着，向身边的妇人吐出那个"China"。而我也会在将纸币递给乞讨的老人时，指着自己，说"Китай"（俄语"中国"），事后不禁暗自诧异何以要如此告白。出了国门，心情像是自然有了不同。在饭店前厅与豪华游的台湾游客相遇，竟有"他乡遇故知"之感，只是我知道，我们走过的是不同的俄国。那些愉快的旅行者不会想到，这一群大陆人对于同一片异国土地怀有何种感情。

是旅游日程表上的最后一天。不止马雅可夫斯基故居，"二战"纪念馆内似乎也只有中国人，或许也因此，纪念馆外的广场上拉手风琴乞讨的中年男子，拉的是中国人熟悉的苏联老歌，《喀秋莎》《山楂树》之类。（皇村一带几个身着不大整洁的礼服的老人组成的管乐队，向中国游客吹奏的，也是这类乐曲。）在这种所在，中国游客俨然已成了一景。广场的长椅上有情侣，喷泉边有带着孩子的年轻母亲。空气澄澈，晚照中小教堂的金顶灿烂着。战争的记忆之外，是如此美丽的和平。

动身前非但不曾刻意准备，即如阅读背景材料，且没有向自己提出"思考"的任务——关于社会主义苏联的解体，关于"俄罗斯思想"或"俄罗斯文学"。也没有写作游记的计划；因了我们已不缺少这类文字，也因怕自己为"写作"所提示，使旅行有了不必要的目的性，更因了表达的困难。回到北京，我仍然没有把握说清楚俄国对于我意味着什么，我只是确信不会再有另一"异国"，能令我如此动心。也如"鲁迅与我"，"俄罗斯与我"是几乎无从着手的题目，上述关系中有我的青少年时代，有"我与文学"，等等。那是漫长时间中点点滴滴的渗透，踪迹早已无从追寻。人生的有些经验，本是不可也无需言说的。

客机升空后，云隙处一再闪现繁密而璀璨的灯火，莫斯科久久地隐现在机翼下，在被透出机舱的灯光照亮的流云间。直到这城市消失在了云层之下，我离开小窗仰在椅背上，想到那片黑土地正渐渐远去，不胜惘然。

回到北京，一时忘身所在，一周多的时间竟像是在梦中。围巾、裤脚上还沾有莫斯科的草梗——这些小东西是否乐于被带到如此遥远的地方？

辑三 记人

王瑶先生杂忆

1989年岁末，随师母护送王瑶先生的骨灰回京后，理群兄来约写纪念先生的文字，我只觉得内心枯河般的，是洪水过后的一片沙碛。然而时间总能疗救创痛的。"回忆"亦如京城三月漫天黄尘中的新绿，渐渐又在心头滋生。关于先生，终于可以写稍多一点的文字了，虽然仍不能尽意。

先生于我，并非始终慈蔼。平原兄的纪念文章中提到，先生对子女和弟子"从不讲客套"，"不止一个弟子被当面训哭"。我就曾经是被先生的威严震慑过的他的学生。1978年重返北大，先生的那一班研究生中，被他一再厉声训斥过的，我或许竟是唯一的一个。待到有可能去体会那严厉中包含的"溺爱"，已是我再次离开了北大之后。而在当时，却只是满心的委屈，还真为此痛哭过几回。直到毕业前，先生似乎都不能信任我组织"论文"的能力。有次在校园里遇到他，关于论文题目一时应答不好，竟被他斥责道：连题目都

王瑶先生

弄不好，还怎么作论文！那里正是北大后来颇有名的"三角地"，人来人往的所在。当时我必定神色仓皇，恨不能觅个地缝钻进去的吧。在护送先生骨灰回京的列车上，我才由闲谈中得知，先生当初是表示过决不招收女研究生的。我突然想到，那时的先生听别人说起我的委屈和眼泪，是否也为他终于收下了这个女弟子而后悔过？

作为导师，先生自然有他的一套治学标准，有时在我看来近于刻板。比如他对"论文"规格的强调，我就并不佩服，以为太学院气了。因而即使在毕业之后，看到黄裳先生挖苦"论文"的文字，仍然忍不住兴冲冲地摘了来，嵌在自己论文集的后记里。然而我应当承认，先生的"那一套"，对于训练我的思维与文章组织，是大有益处的。毕业后继续这个方向上的自我训练，其成绩就是那本《艰难的选择》。这应是一本"献给"先生的书，虽然书上并没有这字样，甚至没有循惯例，请先生写一篇序。

我并不打算忏悔我对于先生的冒犯——那是有过的，在几经"革命"、破坏，古风荡然无存之后。我这里要说的是，即使时至今日，我也仍然不能心悦诚服于他震怒时的训斥。在我看来，这震怒有时实在不过出于名人、师长的病态自尊。先生在这方面也未能免俗。而他过分严格的师弟子界限，时而现出的家长态度，也不免于"旧式"。五四一代以至五四后的知识分子，有时社会意识极新而伦理实践极旧，这现象一直令我好奇。因而在先生面前聆教时，即不免会有几分不恭地想：我永远不要有这种老人式的威严。然而于今看来，如先生这样至死不昏聩，保持着思维活力和对于生活的敏感，又何尝容易做到！

正是在北大就读的最后一段时间及离开北大之后，我与我的同学们看到了这严于师生界限、有时不免于"旧式"的老人，怎样真诚地发展着又校正着自己的某些学术以及人事上的见解、看法。"活力"，即在这真正学者式的态度上。而严于师生分际的先生，对于后辈、弟子的成绩，决不吝于称许。毕业之后，我曾惭愧地听到他当众的夸赞，更听到他极口称赞我的同伴，几近不留余地。他一再地说钱理群讲课比包括他自己在内的几位老先生效果好，用了强烈的惊叹口吻；说到陈平原的旧学基础与治学前景时，也是一副毫不掩饰的得意神情。我从那近于天真的情态中读出的，是十足学者的坦诚。正是这可贵的学者风度、学人胸襟，对于现代文学界几代研究者和谐相处、共存互补格局的造成，为力甚巨。我相信，十余年间成长起来的"新人"，对此是怀着尤为深切的感激之情的。

我已记不大清楚是由什么时候起，在他面前渐渐松弛以至放肆起来的。对着不知深浅放言无忌的自己的学生，先生常常含着烟斗一脸的惊讶，偶尔喘着气评论几句，也有时喘过之后只磕去了烟灰而不置一词。然而先生自己也像是渐渐忘却了师生分界，会很随便地谈及人事，甚至品藻人物，语含讥讽。他有他的偏见、成见，我不能苟同；行事上也会有孤行己意的固执。但我想，这也才是活人的喜恶吧。我还留心到即使在彼此放松、交谈渐入佳境后，先生也极少讥评同代学者，这又是他的一种谨慎，或曰"世故"。先生并不属于"通体透明"的一类——我不知道是否真的有过以及目下是否还会有这类人物。先生是有盔甲的。那俨乎其然的神气，有时即略近于盔甲。在一个阅历过如此人生，有过这样的经历的人，这正是再自然不过的事。

但先生最令人印象深刻的，毕竟又是他"丢盔卸甲"的那时刻。坦白地说，我乐于听先生品评人物，即因为当这时最能见先生本人的性情。而先生，即使有常人不可免的偏见，却更有常人所不能及的知人之明。记得某次他对我说，有时一个人处在某种位置上，就免不了非议，并不一定非做了什么。我于是明白，对于先生，有些事，已无须解释了。还听说先生最后参加苏州会议期间，私下里谈到一位主持学术刊物编务的同行，说他"完成了他的人格"，在场者都叹为知言。据我所知，先生与那位同行，私交是极浅的。

常常就是这样，先生信意谈说着，其间也会有那样的时刻，话头突然顿住，于是我看到了眼神茫茫然的先生。我看不进那眼神深处，其间亘着的岁月与经验毕竟是不可能轻易跨越的。然而那只如电影放映中的断片。从我们走进客厅到起身离去，先生通常由语气迟滞到神采飞扬，最是兴致盎然时，却又到了非告辞不可的时候。我和丈夫拎起提包，面对他站着，他却依然陷在大沙发里，兴奋地说个不休。我看着他，想，先生其实是寂寞的。他需要热闹，尽兴地交谈，痛快淋漓地发挥他沉思世事的结论，他忍受不了冷落和凄清。天哪，"文化大革命"中的那些日子，这位老人是怎样熬过来的！

"文革"中先生处境极狼狈时，我曾一度和他在一起。那已是"清队"时期，教员被分在学生班上，甚至住进过学生宿舍。他即在我所在的文二（三）班，北大中文系有名的"痞子班"——"痞子"二字，是当年被我们洋洋得意地挂在口头的。我目睹过对先生的羞辱，听到过他"悔罪"的发言，还记得班上一两个刻薄的同学模仿他的乡音说"恶毒攻击"一类字眼的口气。我曾见到过他在"革命小将"的围观哄笑中被勒令跳"忠字舞"的场面；也能记起他和我们一道在京郊平谷县山区远离村庄的田地里干活时，因尿频而受窘，被"小将"们嘲笑的情景；他与另一位老先生拖着大筐在翻耕过的泥土中蹒跚的样子，还依稀如在眼前。为了这段历史，我在"文革"后报考他的研究生时，着实惴惴不安了一阵子。我虽然未曾有幸跻身"小将"之列，但与先生，毕竟处境不同，也确实不曾记得当年对他有过任何亲切的表示。重回北大后与他的相处中，偶尔听他提及与我同班的某某，说："我记得他，他是领着喊口号的。"语调轻松自然，甚至有谈到共同的熟人时的亲热。我终于明白了，他已将我所以为不堪的有些往事淡忘了。在累累伤痕中，那不过是一种轻微的擦伤而已。他承担的，是知识分子在那个疯狂年代的普遍命运——先生大约也是以此譬解的。

却也有屡经惩创而终不能改易的。谈起先生，人们常不免说到他的"世事洞明，人情练达"，他的社会的、人生的智慧，他的深知世情，以至深于世故，我却发现，某些处世原则，先生其实是能说而并不怎么能行的，比如他的"方圆"之论——外圆内方、智方行圆之类，我总不禁怀疑这是否适用于对他本人的描述。这或者只是他的一种期待罢了，譬如《颜氏家训》的诫子弟勿放佚，譬如嵇康的教子弟谨愿。听先生说到他在某次会议上因发言不讨好而不获报道，听他谈论某位骨鲠之士，听他谈他所敬重的李何林先生，他的友人吴组缃先生，都令人知道他所激赏的一种人格。性情究竟是自然生成，不容易拗折的。

但我也的确多次听到他告诫我以"世故"。这与"知行"一类问题不相干，也无关乎真诚与否。或许应当说，这也出于真诚的愿望，愿他所关爱的人们更好地生存。我因而相信他的本意决非在改造我的性情。临终前的半年里，几次当老泪纵横之时，他仍谆谆叮嘱我慎言，"不要义形于色"。我默默承接着那泪光闪闪的凝视，领受了一份长者对于后辈的深情。

中国式的书生，往往自得于其"迂"。先生的魅力，在我看来，恰在他的决不迂阔。其学术思想以及人生理解的一派通脱，或正属于平原兄所谓"魏晋风度"的？先生以身居燕园的学者，对于常人的处境，困境，琐屑的生计问题，都有极细心周到的体察，决不以不着边际的说教对人。他没有丝毫正人君子者流的道学气。他的不止一位弟子，在诸如工作安排、职称、住房一类具体实际事务上，得到过他的帮助。这种不避俗务，也应是一种行事上的大雅近俗的吧。

有一个时期，他也曾为我的职称费过神，令我不安的是，似乎比我本人更焦急。每遇机会，即提之不已。我曾在筵宴的场合，看到所里的头头面对先生追问时的尴尬神情。我也曾试图阻止他，倒不是为了清高，而是为了避嫌。一次听说他将要去找某领导交涉，即抢先打电话给他，恳请他不要再为我费心。先生在电话那头像是呆了一下，然后说：

"好吧。"过了些日子，他讲起他如何向某方反映情况，特意加了注脚道："当时大家都在说，我只是随大流说了一句。"我一时说不出话，心中却暗笑他神色中那点孩子似的天真与狡黠。

我个人对于知识分子的研究兴趣，即部分地来自我有幸亲聆謦欬的首都学界人物，尤其北大老一代学人中硕果仅存的几位先生——王瑶先生、吴组缃先生、林庚先生等。我曾急切地期待有人抢救这一批"素材"，相信文学正错失重大的机会——这样的知识分子范型，历史将再也不会重复制作出来。我尤其倾倒于这些老学者的个人魅力。那彼此区分得清清楚楚的个性竟能保存到如此完好，虽经磨历劫而仍如画般鲜明，真是奇迹！而比他们年轻些的，却常常像是轮廓模糊，面目不清，近于规格化——至少在公众场合。这自然也出于教育、训练。其间的差异及条件，谁说不也耐人寻味，值得做深长之思呢！

1988年北大为了校庆编《精神的魅力》一书来约稿时，我曾写到过我所认识的北大与北大人。但我也曾想过，那些以一生消磨于校园中的，比如先生，是否也分有了"校园文化"的广与狭的？先生是地道的"校园人物",而校园,即使如北大这样的校园,也通常开放而又封闭:某种"自足",自成一统。偶尔将先生与别种背景的学者比较,我尤其感觉到他显明的校园风格。我一时还不能分析这风格。是先生本人助我走出我视同故乡的北大的。之后每当回望这片精神乡土,对于一度的滞留与终于走出,是怅惘而又怀着感激的。

当北大在1988年庆祝建校九十周年时,我见到了最兴致勃勃的先生。那一夜,他被一群门生弟子簇拥着,裹在环湖移行的人流里,走了一圈,兴犹未尽,又走了一圈。之后,他提议去办公楼看录像,及至走到,那里的放映已结束,楼窗黑洞洞的。返回时,水泥小路边,灯火黯淡,树影幢幢,疲乏中有凉意悄然弥漫了我的心。此后,忆起那一晚,于人流、焰火外,总能瞥见灯火微茫的校园小径,像是藏有极尽繁华后的荒凉似的。

去年11月先生南下前,我与丈夫去看望他,他正蜷卧在单人沙发上,是极委顿衰惫的老态。丈夫过后曾非常不安,写了长信去,恳请他善自珍摄,我也打电话给南下与先生一道开会的友人,嘱以留心照料先生的起居。一个月后,在上海,我站在华东医院的病房里,看到临终前的先生。这来势急骤的震撼几乎将我的脑际击成一片空白,因而回京后，交给理群兄的，是写于尚未痛定时的几百字的小文。姑且录在下面：

无题

先生最后所写的，或许就是那个"死"字，是用手指写在我的手心上的——我凑巧在他身边。那是12月13日上午，他生命中的最后一个上午。

我不敢确信他想表达的，是对死神临近的感知，还是请求速死。如果是后者，那么能摧毁一个如此顽强的老人的，又是怎样不堪承受的折磨！目睹了这残酷的一幕，我一再想弄清楚，先生的意识活动是在何时终止的。没有任何据以证明的迹象。先生几乎将他清明的理性维持到了最后一刻，而这理性即成为最后的痛苦之源。

我宁愿他昏睡。

不妨坦白地承认，先生最吸引我的，并非他的学术著作，而是他的人格、他的智慧及其表达方式。这智慧多半不是在课堂或学术讲坛上，而是在纵意而谈中随时喷涌的。与他亲近过的，不能忘怀那客厅，那茶几上的茶杯和烟灰缸，那斜倚在沙发上白发如雪的智者，他无穷的机智，他惊人的敏锐，他的谐谑，他的似喘似咳的笑。可惜这大量的智慧即如此地弥散在空气里。我不由得想到《庄子》中轮扁关于写在书上的，"古人之糟粕已夫"那番话。当只能以笔代舌，歪歪斜斜地写下最简单的字句，当只能以指代笔，在别人手心上画出一两个字，那份闭锁在脑中依然活跃（或许因了表达的障碍而百倍活跃）的智慧，其痛苦的挣扎，该是怎样惊心动魄！

我因而宁愿那智慧先行离他而去。

我并不庆幸目睹了最后一幕。我怕那残酷会遮蔽了本应于我永恒亲切的先生的面容。我不想承受这记忆的沉重，这沉重却如"命运"般压迫着我。超绝生死，究竟是哲人的境界，而我不过是个庸人。这一时翻阅旧书，也颇为其中达观的话打动过，比如"大块载我以形，劳我以生，佚我以老，息我以死"之类，却又想到，得在老年享用那份"佚"的，并不只赖有"达观"。然而无论如何，先生总算"息"了下来，虽然是如此不安的一种"息"。

写这文字并非我所愿，我仍然勉力写了。我说不出"告慰灵魂"之类的话。我知道生人所做种种，自慰而已。我即以这篇文字自慰。

在写这篇稍长的文字时，我清楚地知道，因了先生的死，我个人生命史上的一页也已翻过了。我愿用文字筑起一座小小的坟，其中与关于先生的记忆在一起的，有我自己的一部分生命。有一天，这坟头会生出青青的新草的吧。

1990年早春

写在王瑶先生百年诞辰之际

前不久社科院文学所举办唐弢先生百年诞辰的纪念活动，发言中我比较了李何林、王瑶、唐弢三位学科奠基人，不过及于浅层。我对李、唐二位先生，所知不多，此外也确有不便深说者。

王先生之于我，已经在先生逝世周年祭时写到了，即收入1990年天津人民出版社出版的《王瑶先生纪念集》的《王瑶先生杂忆》。那是一篇写在特殊时刻的文字，情境与当时的心境均不可能重复。我一向承认自己不是好学生。当年考研时竟未找到他的那部《中国新文学史稿》，入校后也不记得曾认真地补读。前一时接受访谈，被问到师承，我说王先生对我的影响，更是"潜移默化"的，"不大能诉诸清晰的描述"，像是在弄狡狯。倘王先生在世，不会在意的吧。先生对我的态度，略近于家中长辈，严厉而又不无宽纵；我也就有机会放任自己，不大顾忌他的要求。这种略有古意的师弟子关系，在他那代人之后已然稀有。

　　还记得20世纪80年代上海的几家刊物来访，看着一群弟子簇拥着王先生走过，有几句笑谈。座谈时说到王先生曾研究过的某著名作家，我的发言不免肆无忌惮，稍涉轻狂。坐在对面的王先生，也不过微露惊讶，当时与事后都没有说过什么。

　　前一时，协助师母杜琇女士整理王先生的遗文，包括"文革"中的"检查交代"，在我，是他去世后再次走近他的过程。那些扫描件上的字迹，文字表述间的斟酌，涂抹修改，在提示着那个特殊年代。"一个学人与他的时代"，部分地就在这些个人档案中。1990年所写纪念文字中，我提到王先生"文革"期间一度被分派到我所在的"文二（三）"班，使我有近距离观察他的机会。但当年的我，对王先生"文革"中的命运并无关心。近年来，郭小川的"运动档案"收入全集，顾颉刚、吴宓的日记、书信等由子女整理出版，另有冯亦代的《悔余日录》、徐铸成的《徐铸成自述：运动档案汇编》问世（由北京大学出版社出版的《顾颉刚自传》，收入了顾"文革"中的"交代"），使那段历史中的知识分子的身形凸显，对当代史研究的贡献，绝不应低估。

　　我一向以为，较之学术文字，王先生更生动的，或许是他的性情，却至今未得到足够的描绘。曾想过，王先生倘生在古代，或属于"滑稽多智"的一流人物。他自我刻画，也说到"出语多谐"。但那不只是语言风格，更是生活态度以至生存智慧。当年我所在的"文二（三）"班，就发现他的那些"反动言论"往往是所谓的"俏皮话"，即如流传较广而版本不一的"马克思""牛克思"，另有"苟全性命于治世，不求闻达于诸侯"；如果我没有记错，还有"走钢丝""挤牙膏"之类。令"小将"们头痛的是，难以据以坐实其罪。我的同学心有不甘却无可奈何，气愤之余，即指为"老奸巨猾"。也因此王先生在我们班，较之另一位老先生，更被轻慢。既处浊世，不可庄语，不妨插科打诨。也偶或不得已而行权，即如抗战中欲南行却无资费，即报名某组织临时换取盘缠；另如"文革"中的应付"外调"，为"蒙混过关"而有意"混淆视听"。凡此种种，倘科以"道德严格主义"的那套标准，自属不情。"文革"中的"外调"，迫令"背对背揭发"，由此导致兄弟反目、朋友失和，即使那段历史早已过去，造成的伤痛也仍难以平复——究竟应当由谁为此负责？

还应当说，王先生的"游戏态度"中寓有严肃与沉痛。读不出这沉痛者，也难以了解王先生的吧。也是由这批遗文及师母的说明文字，我才知晓王先生"文革"中竟企图自杀。这多少出我意料。我曾经将王先生在极其不堪的境遇中顽强生存作为例子，现在看来，即使顽强如王先生者，也自有承受的限度——到了动念自杀，想必这承受力已用到了极限。

至于我所读到的王先生"文革"中的"检查""交代"，内容不免于重复，有些是历次运动中一再倒腾过的老问题，只是被人"揪住不放"罢了。"文革"中内查外调，调查人员四出，不惜行政资源的极大浪费。同一"问题"，一查再查，令被调查者再三再四"交代"——较之弄清问题，更像是意在保持震慑，算的只是"政治账"。但这却不是当时人们的思路：即使被调查者，也绝不敢作如是想。

对"私下"言谈的监控，"文革"中达于极致。近年来关于一对一监视、汇报的材料浮出水面，一度舆论哗然。外调中迫使交代私下言谈，与搜缴日记、截留私人信件，均可归之于对私域的侵犯。"隔墙有耳""群众专政""人民战争的汪洋大海"，其间演出了多少可惨可笑的故事，其荒诞性大可作为写作卡夫卡式小说的材料。

由20世纪50年代的检查交代看下来，感觉到的是被迫自污中的愈趋谦卑。但那更像是不得已的姿态。增订版的韦君宜的《思痛录》，收入了《我的老同学王瑶》一篇，其中写到杨述带工作组去北大，中文系的工作人员在汇报中将王先生归入"难办的教授"之列，杨即与王个别谈话，问："系里叫你检讨，你心里到底服气吗？"王先生笑了一声，说："跟你说实话吧，我的嘴在检讨，我的脚在底下画'不'字！"或许"脚在底下画'不'字"云云，更是文学性的说法，但那态度确像是王先生的。或许王先生不是用脚，而是用内心的声音说"不"。他终于没有被压倒，也应因了这种内在的力量。我注意到，即使在"文革"的高压下，王先生用的也是"检查"而非"请罪"；同属自污，仍有程度之别。此老骨子里，有从未销蚀掉的倔强。

"文革"后的修复，何尝不也赖有那种内心的力量。我和我的同学1978年进校时见到的王先生，仍未失警觉，偶有防范的动作，却已近常态。这种自我修复的能力并非谁人都有。也有的人，即使脱出了缧绁，也拘手挛脚，肢体再也不能舒展。由收入《全集》第八卷的王先生"文革"结束后的书信，一再读到他劝导别人"向前看"的话。他对一位年轻同行说，"这些年来，知识分子几乎都有一些不堪回首的经历，非独您我，因此我觉得还是'向前看'较好"（《致石汝祥》）。对另一位年轻学人说，对方的坎坷固然"令人浩叹"，"但从'向前看'的精神说，我想从'八一年'起，应该是'新生'"（《致钱鸿英》）。他想必也以1981年为自己的"新生"，尽管由事后看来，未免过于乐观。

我曾注意到顾颉刚、夏鼐、谭其骧，各有其"文革"结束的时间。由师母提供的遗文看，王先生的"文革"，或许大致结束在1969年。尽管此后他仍然和我们一起去了平谷县的鱼子山。我曾写到目睹他在田间干活的情景，王先生在家信中却说，他在乡间受到了照顾。看起来，当时的心情已不黯淡。

李何林、王瑶、唐弢三位先生，是中国现代文学学科的"一代宗师"，或用了目下流行的说法，即"大佬"。我在上文一再提到的那篇纪念文字中说，王先生好臧否人物，对同辈学人却出言谨慎，也是他的一种"世故"。三位前辈中，李先生的耿介为学界公认，其在南开大学的情况我不知晓，只知他晚年指导博士生，似乎很放手；王先生率性，借用了鲁迅的话，时而随便，时而峻急，对门下有时不免于苛；唐先生对人态度温和，对其弟子想必委婉客气，至少不会如王先生似的疾言厉色的吧。三位中，李往往被指为思想较"正统"而王则"异端"，实则这种观察不免皮相。王先生固然关心时政，观念较李"开放"，"异端"却谈不上；

在"文艺思想"上，毋宁说过分执着于其年轻时接受的理论与评价尺度。李、王、唐这样的大佬，想来难免会有人拨弄其间，但我所知道的是，三位先生均未"卷入"学界是非，使学科保持了不但正常而且较为干净的内部关系。正常就不易，干净尤难。

曾经有"王门弟子"的说法，寓有褒贬，但被人所指的，不过是个朋友圈子；且"圈子"中人不限"出身"，无论是否出自王门、是否北大。王先生门下弟子众多，却无意于经营"学派"，更无论"门派"。樊骏并非其门弟子，说"私淑"也勉强。对樊骏，对得后，王先生均以之为同行。王先生关心过的同行，另有一些人，由《王瑶全集》第七卷的书信部分可知。那种关心，决不下于对弟子。至于王先生对樊骏的信任，除人格外，无非寄望于其在学会、专业界的作用。王先生不经营"学派"，对专业界却很在意，直至病逝。对王先生、对樊骏的这种责任感，我自然是尊重的，自己却不大有这种情怀。

李何林、王瑶、唐弢先生身后的中国现代文学学科，或更大而言之，他们身后的学界，这样的大题目，我是写不了的，只有些零碎的感想。2011年樊骏病逝，文学所编的纪念文集，题作"告别一个学术时代"，略有一点悲怆。这是一种令人百感交集的告别。由王瑶先生去世到樊骏去世，告别仪式有如是之漫长。我知道，某种境界，某种气象，已不可能重现。对于学科，对于学界，这种告别有怎样的意义？

前辈学人的背影渐次隐没在了混沌之中，不知年轻的后起者还能否感知他们的气息？

2014年4月

中岛先生

私下的谈论中，我们通常称她"中岛"。中岛是她夫家的姓，她的中文名字为"碧"，一个很美的字。

我与中岛先生较亲密的接触，始于1991年在大阪的那次讲学，尽管这之前就在家里接待过她与长文先生。到了大阪就看得出，她所在的，是一个有点特别的圈子，其中的人物衣着随便，却有着精致的品位，讲究情调，有十足的文人气——文人，是在较狭窄的意义上的，略近于"传统文人"——在我看来也更"日式"。看多了公车上盛装且浓妆的女人，我相信这种随便，在日本是一种风度，或许竟提示了一种身份。当时的中国，知识者、文化人以"下海"为时髦，不由你不想到，何以日本的学者（他们的收入自然也较商人、企业家为低）能保有这种自信，敝衣缊袍而绝无惭色？由我似的已不甚合时宜的人看来，中岛夫妇不免老式，即如家中竟没有电视机，且像是不曾用电脑。这在当今中国的知识人中想必"另类"，在发达的东邻，倒未见得稀有。

与中岛先生、大平桂一先生在日本

由某方面看，这"老式"不能不令人生出敬意。或许正因了"发达"，而更有一份宽容，更有充裕的个人空间，不必在意是否保守、老式、另类？

曾有日本朋友问道，中国人何以能认出他们是外国人的，我说是气质吧。中岛是那种不容易被认出的日本人，除非开口，否则大可混迹中国人间，被误以为两广一带的人。但习癖终究无以掩饰。一次买书，到了一切手续办妥，临出门时她鞠了一躬，即刻暴露。这郑重的一躬在中岛是不可少的，她不能如她的中国朋友那样敷衍地点点头了事。在礼仪行为上，她的确是不免老式的日本人。

中岛属于那种你可以与她长时间相处，却不必对她特别留意的人。这也是大阪的接待风格，对于惧怕繁缛礼仪的我，自然尤为适宜。你可以保持较为松弛的状态，不必随时意识到你在客中，也不必为别人过分的好意、过多的关照而感到不安。这种交往通常在极熟的熟人间才可能，而我与她像是并未熟到那程度。只能认为这是她的一种作风。中岛并不亲昵，毋宁说有点平淡，但那种细致周到之极的安排，却充满了体贴，不由你不感动。那才真的是无微不至，像是唯日本人才能的，由中岛做来，又别有一份女性、母性在其间。更难的，是周到却又不让你感到烦扰——我无法形容其间的分寸感，那是在精致至极的文化中训练出来的，那种文化我们这里或许也曾有过，却流失已久。她既非刻意，你也无从感谢——那个"谢"字确也一说便俗。

在大阪期间，我也看到了我不熟悉的中岛，着了浅黄色上衣，腰间是宽的皮带，雄风凛凛地与人拼酒。更多的时候，则看她穿了最普通的职业妇女的套装，全不施脂粉，步态有力地在繁华的街上走。我想，在日本，这样的女子，一定令人不敢轻慢的吧。

讲学与其后的旅游，都由中岛先生安排。她和大平先生陪我去了九州，沿途很麻烦了她的朋友——像是一些极厚道的人。我们曾在岩佐先生的陪同下游志贺岛，在合山先生家做客，在福冈的饭店俯视楼下的夜市，在熊本的火山口一带的大风中行走。在这前后，也会了她京都的友人，她与长文先生的那个小团体。这小团体中看似随便甚至有一点颓唐的气氛，令我难忘，以至此后到了"现代"的东京，一时竟难以适应。

离开大阪前，曾在中岛家住过几天，夜间点了香炉，三个人跪在书房的条几旁闲聊，长文先生喝了点酒，微醺着，问我是否知道日本的"音读"与"训读"。那是一间令我和丈夫都羡慕不已的书房，为了充分地利用空间，书柜下铺设了轨道。前往东京前，中岛先生为我的此行结账，跪在榻榻米上，一笔一笔算得很仔细，给我的印象是，能省的都省了出来，却又决不简陋。

另一次较为亲密的接触，在1992年的秋天。我们征得湖南教育出版社的同意，邀了中岛和我们一起在长沙开会，会后有湘西之游。这一回令我惊讶的，是中岛先生对于简陋条件的忍受能力。或许是，惯习了正常的物质生活的，比之那些暴富、暴贵、暴得大名的人物，更能随缘，少一点做作夸张的身份意识。一路上，中岛跟我们一道住卫生设施不完善的旅馆，早出晚归，乘了大巴在尘土飞扬的山道上盘旋。那是一次快乐的行旅，一车的同行、朋友，聊天，打牌，不时爆出大笑。我猜想湘西之行在中岛，是新鲜的经验——混在这群不拘礼仪的放肆的中国人间，她常常被忽略了外国人的身份。礼仪未必是日本人的爱好，多半只是习惯，倘能不拘，未见得不感到快意的吧。

我又有机会感受中岛的细致。她的行李中似乎无所不备。在长沙的公车上被窃贼划破了袋子，她拿出针线为我缝补。由湘西返回长沙途中有同伴受伤，她取出药物和绷带实施救护。由长沙回北京的一段路，似乎因了车票紧张，她和我、平原一道乘坐"加车"。那车厢挂在一列车尾如孤岛，无人打扫，不送水、饭，一切都由乘客自我供应、自我服务，秋意已深，铺位上还铺着竹席，甚至没有照明。直到天亮时分醒来，看到人和行李都在，才松了口气。如此乘车而一路无事，大约只有那年月才行。平原是朋友中公认的好旅伴，能令他人轻松随意，于是三个人就闲聊消磨长昼。事后想来，这封闭、隔绝且运动着的空间中的一天一夜，一定较之湘西猛洞河"漂流"时的落水，更可以被她作为谈资的吧。此行对于她的意义，或许正在经历了普通中国人的生活。

我知道中岛先生的敏感，对于人事的洞察力；敏感即易于受伤。我还知道她的正直，甚至刚烈，这类品质从来有妨于生存。我不止一次从她那里听到愤激的话，那些话来得突兀，令我悚然。那决绝的话不像出诸中岛之口，尤其当你看到她的神情依然平静、平淡。我也自以为能察觉她的寂寞，于那平淡中看出寂寞之色，却并不真的了解她，不了解那掩蔽在寂寞神色后的中岛先生。不能彼此洞见肺腑也无妨于信任。中岛夫妇确是我与丈夫所信任的异国友人。我们曾在一种极特殊的情境中，及时地收到了他们的信，各有寥寥的几行，碧先生引了"绝望之为虚妄，正与希望相同"，长文先生写的则是"行年五十而知四十九年非"。当时的感动，已非笔墨所能形容。

中岛弃世时，她的刘向《列女传》译注尚在校订中，遗留的工作是由长文先生完成的。不过几个月，三册一套印制精美的译注已到了我们手中，令人不能不感慨于东邻的效率。可惜尚无中译，否则以中岛夫妇的功力，碧先生的《列女传》译注，长文先生的鲁迅《中国小说史略》译注，当可使中国学者多所获益的吧。

中岛最后的一两次来中国，我有机会单独与她晤对，总觉得她或许想说点什么，却终于没有说。最后一次接听她的电话，是在她去世前的那个冬天。那是晚间，丈夫不在。电话中的中岛仍用了那种略带迟疑的语气，她说得少，我说得多，过后曾疑惑地想，不知她何以打电话来。

似乎还不到"旧雨凋零"的时节，听到友人的病的死，总不免郁郁终日。与几个朋友说到中岛的故世，听到的都是"可惜"。以她的学养与训练，本可以再做不少事的。为朋友写纪念，在我还是初次，接下来会有第二、第三次。却也未必，也可能由别人写我，谁能料到呢。即如中岛，不过大我两三岁，较我强健，看上去也比我年轻。你不能不生无常之感。

我对于日本，心情复杂，但我知道，我与外国人间不会再有这样的交往。这也属于那种只能一次的经历。

"今之人谁肯迂者!"
—写在樊骏先生去世之后

我有时会想，倘若活在另一时期，樊骏会是个"贵族知识分子"的吧。他出生在上海，家道殷实，早年读过教会学校。但当他1950年由北大毕业时，已是"新社会""新时代"；此后所从事者，是与政治史、革命史撕掳不开的"中国现代文学"；职业生涯之初适逢"知识分子改造"，又长期生活在风沙弥漫的北京（这一点在我看来并非无关紧要），也因此就成了我所认识的樊骏。如果我没有记错，他似乎也有过回上海养老的念头，却终老于斯，且在那座敝旧的宿舍楼，隘、陋、阳光不充足的住所。你只能由某些细微处，比如着装习惯，看出一点他早年生活的痕迹。去世前的樊骏，已是社科院文学所"元老级"的人物，经历过文学所的"何其芳时代"，被认为有那个时代的流风余韵。只是在我看来，他待己之苛不免于过，略近于不情，"严格要求"

樊骏先生在书房

中少了一点余裕，更像某一种古人。

我会随时意识到樊骏属于另一时代，尤其20世纪90年代之后。他应当是自己所属的一代中较为经得起潮水冲刷、不大容易被"时代"坚硬的胃消化掉的人物。我曾一再暗中比较他们和我们——"他们"指我所熟悉的樊骏、王信等几个人，"我们"则是我自己和二三好友。我们远不及他们的"粹"。"粹"自然指的是"纯度"。我所研究的明代人物，有对"纯度"的苛刻要求，拟之于金子的成色，所谓

"淋漓足色"。我们因早年生长的环境,以及此后阅历的人生,有了种种沾染,其不能"粹",亦属自然;而他们的罕见稀有,则因虽后来亦经历了种种(如"文革"),却能保存本有的纯净质地。这似乎又要归因于早年的生活环境与成长期的社会氛围。我对他们的"粹"怀了复杂的感情,有时甚至有几分怜悯,以为经历、经验过于单纯,如毛泽东所说的"三门干部",不能不限制了涉世的深度,而研究文学也即研究人性、人生、人事,那种"粹"是否预先决定了所能到达的境界?但对那"粹"仍然怀了羡慕。如果不过分注重事功(即所谓的"学术成就"),那种境界应当更有益于生存。上面的意思,不曾在樊骏生前对他说过。倘若他在九泉下有知,会否是一脸我所熟悉的不大以为然的轻嘲的神情?

2009年文学所为樊骏举办八十寿庆,其时这单位刚发生了一些在我看来极荒唐的事,于是我的发言不免含了愤激,说樊骏是幸运的,他经历了为人艳羡的"何其芳时代",又经历了改革开放之初学科的崛起;待到所内空气渐趋污浊(我当时用的是较"污浊"更刺激的字眼),他退出了文学所的事务;待到这里的环境更加污浊,他对周边发生的事已失去了理解能力……事后王信对我说,"何其芳时代"没有那样美好。其实我何尝真的不知道,只不过在借寿庆这场合

"说事儿"，说我对近事的感受罢了。

中国现代文学学科的"精神"，部分地承自其对象，尤其五四新文化运动。践行五四新文化运动的某种精神，或许可以作为学术工作者与其对象间关系的特殊一例，是学术史考察的好题目。几代学人——由朱自清至王瑶先生的一代，与樊骏所属的一代，使这个时间跨度仅30年的学科，一度显示出恢宏的气度与生气勃勃的面貌，在我看来，较之同一时期的其他某些学科，更能体现20世纪80年代的学术文化精神。被这种精神所滋养，我是自以为幸运的。我自己得益于中国现代文学研究的专业背景，得益于20世纪80年代的学科环境，回首自己的学术经历时怀了感激。当然也不妨承认，"我们"也参与了这学科环境的营造，与"他们"有精神上的相承，对此不必过于自谦。

20世纪80年代中国现代文学研究界的两次"创新座谈会"，第二次已见出衰飒，却在变化着的环境中，依然坚持着发现、鼓励年轻一代学人。"文革"大破坏之余培植元气也培植正气，被认为学科的急务。以"兴起人才"为己任，对后起者奖掖、鼓励不遗余力，以此造成的健康的学科风气，至少延续了十余年之久。"我们"是最直接的受益者。当"我们"中的一些人走向了更宽广的学术空间，目送"我们"的，仍然是这种鼓励、欣赏的目光。转向了"明清之际"之后，樊骏对我的学术工作已不能了解。知识基础的狭窄，也是我所以为的"他们"的缺陷，为"他们"学术成长的环境所造成，无关乎个人的才智。而"我们"只不过起步稍晚，尚来得及做一点有限的弥补而已。以樊骏自省的冷静，自我评价的清醒，对此一定看得很明白，却乐见较他年轻者的学术拓展，没有表现出任何褊狭固陋的"专业意识"。在这一点上，无论王瑶先生还是樊骏，都是鲁迅的真正传人。

我不曾在樊骏生前称他为"老师"或"先生"，樊骏则常常以我为例，要年轻同事不要称"老师"，说赵园就是自始直呼其名的。其实在北大读研期间，曾听过他一次课，内容已不记得。后来他参与了我的学位论文答辩，因了关于他如何苛刻的传闻，事先受了一点惊吓。之后成了同事，稍多了一点交谈，谈过些什么也全不记得。待到他退休之后，每年在固定的日子登门探望，却更是在与他的友人交流。后来因中风后遗症，对我们的谈话，他能听懂的越来越少。他当然是希望懂得的。他仍关心着他供职过的唯一的单位。但听不懂于他，未尝不是好事——何必用那些烂事儿增加他衰病中的负担？

据说当初樊骏为唐弢先生当助手时，对研究生相当严格，以至因此结怨。他的坚持不招研究生，或许与此种经验有关？由我看来，樊骏无意于让人怕，倒是有点怕人，与不相熟的人打交道时心理紧张，有社交方面的障碍，却又偏有古人所谓的"金石交"。但对触犯了他所以为的道德底线的，却不肯宽假，会形之于颜色，确也是真的。他始终未脱出20世纪五六十年代的"清教"（这里系借用）传统，惯于自我抑制，与古代中国的道学一脉相近；却又率性，不掩饰好恶喜怒，偶或令人不堪，又略近于以青白眼对人的古代名士。尽管早已被"改造"为"平民知识分子"，在我看来，仍保留了骨子里的"贵族气"，不苟且，不追随时尚，对"潮流"反应迟钝。流行过"最后的……"这种修辞，比如"最后的士大夫""最后的贵族"等，我常常会想，樊骏也应当是某种孑遗，某种"最后的"，却又怀疑自己经验的广度，且一时不能断定他是"最后的"什么。

与樊骏同代的不少人有顺应时势的调整，他则属于不合时宜、缺乏"灵活性"的那种。我曾当面说他的"迂"。后来读黄宗羲的《思旧录》，其中写陈龙正投书刘宗周，黄宗羲看了后，说："迂论。"刘宗周却说："今之人谁肯迂者！""今之人谁肯迂者"，这句话正可用于樊骏。其实处如此复杂的环境，他也并非真的迂阔不通世务。"文革"中曾卷入派仗；"文革"后在不那么正常的单位环境中，也曾勉为其难地"干预"，难免有不得已的妥协。我听到过他使用"痛苦"这个词，自以为很理解他的感受。他真能做到的，大概只是守住书斋里的宁静，不因利害的考量而放弃操守，不为单位人事所裹胁绑架，如此而已。而"我们"较"他们"皮实，对"不洁"的承受力稍强，虽"痛苦"而不那么难以承受——不知这在"我们"，是幸抑不幸。

洁癖从来是要抑制活力的，不但有可能限制对文学对人生的感受能力，甚至会限制了人性的深度。对此古人看得很明白，如每被引用的张岱的说"癖"说"疵"。这也是"美德"的一种代价。对樊骏，我不取"无私""淡泊名利"一类道学气的说法，更愿意相信他只是将学科发展置于个人名位之上，少了一点私利的计较，如此而已。20世纪80年代眼见他花费了那样多的时间，用于每年的"中国现代文学研究述评"，以为近于精力的虚耗；他显然没有这一种关于"投入—产出"的精明算计。那种对学科的责任感是我所没有的。单位所拟"讣告"提到了他为了设立学术奖项的"慷慨捐赠"。我其实不大以为然于他的这种"慷慨"，以此作为他的"迂"之一证：何不用于改善自己的居住条件，或做一点其他更有益的事，比如慈善救助？他早已不明白目下的"评奖"是何种"操作"，想到的却只是用这种在我看来古老的方式"鼓励学术"。

我的导师王瑶先生对樊骏不但欣赏且极为信任，更是对同行而非晚辈的态度。樊骏对王先生，就我见所及，似乎也是虽有对前辈的尊重，而更以之为同行。中国现代文学界的几代学人，就在这种融洽且澄明的气氛中。融洽固不易，澄明更难得。我怕这一切已不能复现，怕他们真的成了上文所说的"古人"。

由樊骏想到了一代人的际遇。在我看来，樊骏在精神气质上，更与其前的一代学人相近，却不能不受制于20世纪五六十年代的学术环境、学科状况。相信那一代有未充分实现的可能性，未尽之才、之能，未及激发的潜能，亦所谓造化弄人。这些年来，出现在20世纪三四十年代的学人——所谓的"民国知识分子"——吸引了较多的关注，却多少冷落了距我们最近的这一代，即20世纪五六十年代涉足学界的学人、知识人。作为学生辈，我们也不免于势利，不能免于以学术成就取人，妨碍了对于他们探究的热情。

我对樊骏其实了解有限，比如全不了解他的早年经历，不了解他的北大年代，不了解他的"学部"岁月。1981年底我进入文学所时，"学部"的"文革"像是还没有过去，那段历史却至今未曾被真正面对。有上述诸种"不了解"，就只能说一点浮光掠影的印象。我相信校园、科研院所的气象系于"人物"。对于系于何种人物，却从来见仁见智。尽管对樊骏的人格一直有称美，对此不认可的想必另有其人。而且应当说，那"人格"在其人生前，未见得发生过怎样的影响，也未见得真的为他所在的单位看重。

最后还应当说，樊骏并非学界中人所共知的名字。限于工作领域，他的学术影响更在一个具体学科内部。但所谓知识界、学术界，岂非正由这样的知识人、学人支撑，且决定着这种"界"的品质？倘若我们这里真的形成了"学术共同体"，他们则是这"体"的骨骼。至于樊骏的学术贡献，有钱理群的长文（刊《文学评论》2011年第1期），无需我再妄评。看到周围的年轻学人因他的去世而更加关注学术史、学科史，相信他在九泉之下会感到欣慰的吧。

2011年元月

辑四　暮年

邻翁

20世纪70年代初，当我们几个人组成"大学生集体户"时，借住了生产队一个青年农民尚未使用过的新房。这三间西房一明两暗，半用了砖瓦半用了土坯，在其时已是不错的农舍。与我们为邻的，是一溜北屋，住着房主的叔伯亲戚。那排房的西头，与我们所住的那间只隔了露天茅房的，是那老人的小屋。

这老人身材相当高大，是房主的爷爷，与他的大儿子、儿媳住在一起，由几个儿子轮值供饭。

或许是插队之初吧，我们曾有一次将老人请到借住的房里，那天老人兴致极好，还讲到私塾里学过的"上《论语》"、"下《论语》"。那个村子，不会有另外的人听他讲这题目。另有一次，我们中的一个发现了送到老人那里的饭食太粗恶，义愤之余，用我们的烙饼换了那干硬的饼子。这样的事是如此偶然，更多的时候，我们也像村民一样忘却了他的存在。不知那一次交谈，那一块烙饼，会不会被老人长久地咀嚼？

那两年里，我不记得除了一件已分辨不出颜色的棉袍外，老人还穿过别的什么。内衣肯定是没有的——那村里的男性农民，除了活得较为滋润的——如生产队的会计——多半不会知道"内衣"为何物。我甚至记不起这老人当盛夏时的衣着，难道仍然穿了那棉袍？每到"饭点"，我们会看到他的哪个孙女或孙媳妇端了饭来，面无表情地走开。他的儿孙们的义务，只在供给他粗糙简单的饭食，他的需求被认为仅限于此。我几乎没有听到过他的亲属与他之间的任何交谈，他们大约只是在轮值送饭的那天才会想到，他还活在那间小屋里。与他一墙之隔的儿子一家，也极少有彼此间的交谈。但即使现在想来，这老人也决非乡村中最不幸者，他的儿孙毕竟还没有放弃供养的义务。比之时下那些被遗弃的老人，他的处境已经是正常的了。

老人生前，我不记得曾走进过他那间小屋——那小屋很可能除了床、方桌外一无所有——甚至常常感觉不到他的存在，否则不至于记不起他夏季的衣着。尽管是紧邻，那间小屋似乎全无声息，比如咳声，或别的什么声音——我们的确有理由忘了他的存在。夜间在油灯下读书，或有电时在电灯下绣风景，也全未察觉过近处的响动。老人似乎让自己溶化在夜静中。

　　我只是现在才想到，不知我们住在这里，对老人意味着什么，是否让他兴奋过。我们与他为邻，是否使得他较为安心，至少短暂地，给了他的生活一点颜色？也是现在，才想到，这个早年识过一些字的头脑清楚的老人，或许曾暗中观察过我们，谛听过这相邻的几间房中的动静。想到我们可能于不觉间被注视与倾听，这么多年后竟使我有了些微的不安。

　　赶集的日子，我曾看到老人在一个熟肉摊子附近，站在围着肉的那些人中，由别人身后向里看，伸长了脖子。不知他是否终于吃到了那肉，有没有钱买那肉。只记得当时暗自惊奇，老人竟然独自走了那么远到这集上。他或许太想吃一点肉了。后来他向我借了几斤粮票，神色仓皇，显然不希望被家人看到。我当时可能会想到，他是否更需要钱。但也只是想一想而已。大家都穷，肉是奢侈品，那时的我确也不会认为，老人的这种愿望有必要满足，尽管孟夫子早就说过："五亩之宅，树之以桑，五十者可以衣帛矣。鸡豚狗彘之畜，无失其时，七十者可以食肉矣……"（《孟子·梁惠王》）其时我的父母由城市"疏散"到了乡村，探亲时也曾想到，是否给老人带一点吃的，比如乡下的那种粗糙的点心，或熟肉，也只是想到而已，不曾当真，虽然这是极简单的事。

下地干活时，会看到老人的背影，孤零零的，在村外空旷的田地上，或竟在生产大队的林场一带，那看不出颜色的棉袍正如一堆土，以至那背影几乎消融在灰黄的土中。我不记得曾去与他搭讪。他就那么堆在那里，没有人留意，没有人过问。

我没有为他做过任何事，任何随手可做的事，却在遥远的事后，记起了那土堆样的背影，记住了那集市上伸长了脖子的窥看。我不能解释自己的冷漠，即使在注意到了上述的那些之后——否则它们不会如此清晰地留在我的记忆中——仍然如此冷漠。要到一些年后，我才会关注老人的处境，那一部分敏感才终于被唤醒。写这文字的当儿我也想到，我的迟到的忏悔或许太过夸张，我能给予别人的，并不如自以为的那样多。即使重来一遍，也未必就能改善老人的处境，而又不招致他的家人以及村人的反感。事实很可能是，我们无力改变别人的生活，甚至那"别人"，其生活也未必如我所设想的不堪。

老人去世时，我正在县城。事后听一道插队的同伴说，老人吐了不少血块，气味很难闻。生产队长和村里的男人们绑了担架，准备送县医院的，不知为什么没有去。那一夜几乎队上的男劳力都挤在了那小屋里。我能想象那情境，塞了满屋子的人，有一搭没一搭地闲谈，一口口地痰唾在地上。那些人的体臭和喷吐的烟，或许使老人窒息。他终于引起了这么多人的注意。但他肯定希望一个人安安静静地躺着，熬过最后的那段时光。

据同伴说，老人临终前极其清醒，甚至没有忘记托他还给借我的几斤粮票。那同伴代表集体户送了花圈。其时我插队的乡村还未兴这种洋规矩，我由县城回到村里，女孩们兴奋地向我报告的，是那花圈的事，花圈下的老人已不再被人提起。花圈在村外的坟地上待了很久，直到破烂不堪，抖擞在风中，由村里去公社时一眼就能看见。

老人去世后，我曾在他的那间小屋住了一夜，其时的动机，或许只在破破乡民关于死人的迷信，或竟为了逞强，显示一下勇敢。在那小屋里我睡得很不踏实，一夜惊魂，天亮了才发现方桌下站着一只鸡，是打门槛下钻了进来过夜的。这事不消说成了村民的笑谈，很可能直到现在，还会作为"那几个大学生"的轶事，在田间地头或饭场上被谈古似的提起吧。我却不能不自惭轻薄，为了自己住进老人不久前还住着的屋子，开这样无聊的玩笑。

那间小屋想必翻盖过了，另派了用场。

梦入天国

去年夏季最热的那段日子，因了某种契机，我追记了自己的某些阅读经验。当然我也明白，追记即选择，我肯定将那些经验重新组装过了。

也如一些家境许可的孩子，我的阅读是由"童话""民间故事"开始的。母亲当时在省教育厅上班，不知经了怎样的交涉，我被许可在那单位的小书库中搜寻想读的书。当年的儿童决不如现今的课业负担沉重，我像是将那类书读了很多。记得当时令我感动的，并非白雪公主和七个小矮人、灰姑娘或那个著名的木偶匹诺曹，而是一篇似乎是俄罗斯的故事——《一朵小红花》。我不知那书属于正宗的"民间故事"还是文人创作，也不知这作品是否还保留在儿童文库里。打动了我的，或许不只是那故事，更是那故事展开的方式，和弥漫其中的哀伤气氛。

这种阅读自然鼓励了冥想。其时的我常常会期待奇迹，痴痴地看着一片树叶，试图相信它是由某种神意幻化而成的。自然也想象过自己做了公主，但关于多情王子的期盼，在记忆存储中却了无痕迹——当然也可能是它们被最先过滤掉了。童年冥想的习癖对此后的人生想必影响深远——这一点留待今后再去寻究。现在能说的是，即使在几十年之后，在已成大人以至老人之后，我仍会在一个失眠之夜，想象有那么一张飞毯。只是多少有点煞风景的是，随即想到的，是一些极实际的方面，比如那飞毯是否有保温功能，能否将我裹在一团温暖之中。

这期间也曾爱听鬼故事。邻居中一个善讲此类故事的大妈，常以此为诱惑。我至今还隐约记得袜子在屋顶上跳一类情节，只是不敢确信是由那位大妈那里听到的。每晚都吓得要死，却又忍不住去听。当然，待到长得稍大，就明白了可怕的更是人。有一时因读多了苏联的侦探小说，夜间如厕时，为幻觉所惊吓，大叫着狂奔出来。直到20世纪80年代初，还因一部关于"百慕大三角洲"的恐怖片而惊悚不已，临睡前不但将前后阳台巡视一过，还用电筒窥探了床下。查看床下的事，这前后还有过。在更成熟老到者看来，这或也是"童心"的一点遗留？

童话阅读的下一程，即现实主义与"批判现实主义"，反差强烈，其间像是全无过渡。我现在宁愿相信，对苏俄文学的过早接触，对我的"童心"是摧毁性的。它们将我强行推出了童年。这之后即使没有全然失去、却也不曾真正找回"童心"。在这一过程中渐渐丧失的，自然就有好奇心。《封神榜》甚至《西游记》从来不曾引起过我的阅读兴趣，《西游记》读了一部分，中途放弃了。至于正待跻入"经典"之列的金大侠著作，则连打开的念头也不曾有过。由此看来，我作为"文学研究者"的资格，是否应当受到质疑？对科学幻想小说也几无涉猎，至今不曾碰过儒勒·凡尔纳。也不大喜欢好莱坞的科幻片，想不通美国佬何以能醉心于如《侏罗纪公园》一类制作。这与"成熟"之类无关，只能归因于心理的早老。由此想到关于美国佬"傻"的说法。这"傻"又何尝易得！我们则是太聪明了，因而随处充斥着机诈权变。

那种美式"科幻"，岂不就是成人们的白日梦？即如"时间隧道"之类，正属于人类世代的梦想。前些年短期客居香港时，曾有一部"时光倒流七十年"的言情片，熟人郑重地向我推荐过。无论是否懂得相对论，是否看到过那幅关于钟表时间的著名的画，你对这类梦都不会陌生。至于近期所看而令我感到兴味的，则是一部关于老人院的老人乘了外星船飞升的影片。即使那片子的制作远非精美，也不妨读作一则真正的"老人童话"，其中盛载了最为普遍的老人梦想。那片中的外星，正是"天国"。即使全无"宗教意识"，我也常想到"天国"。而善于做成人梦、能源源不断地制作出"成人童话""老人童话"的，想必是衣食丰裕的幸运的人们。

　　"梦"与"梦想"固然有语义关联，"梦想"在通常的运用中，却更可与"理想"代换。我曾写过记梦的散文，"梦想"却像是一个远为难作的题目，太容易为了求深而刻意经营，大约由儿童作来更为适宜。在媒体上读到国外儿童有关未来的梦想，那些想头确实可爱，我却惊讶何以那些梦几乎全不涉及"贫富"。或许那些国家都早已富了起来（但首富的美国不也有大批无家可归者吗），更可能的是，贫穷只是未曾真的进入儿童的视野。这又有几种可能：接受采访者大多为有某种背景的孩子；成人出于保护意识，不给他们看到这世界的丑陋与残缺。如果真是这样，我不知这类保护措施是否明智。

　　至于说到自己，若我此刻承认至今尚能感动于老杜的"安得广厦千万间"，或许会有人怪笑的吧。因为在贫穷的中原长大，惯看了贫困对于人的侮辱与剥夺，尤其行乞老人凄楚无助的眼神，我始终不能忘怀杜诗的悲怆旋律。无论将被怎样指为虚矫，笑为浅薄，我仍然愿意说，一个普遍温饱的世界，一个给予老人的生活的世界，是我此刻最梦想的。这自然也是白日梦。近时处理明人有关"井田"的言论材料，重又听到了其时的士人以各种方式重申的古老的"均平"理想。我不懂得罗尔斯或哈耶克，也不知能否运用（或只是借用）"社会公正"这概念于我所研究的那时代，我却知道在中国的士人，由杜甫所经典地表达的，是怎样顽强的想望，其中有着怎样的真诚。

我曾自惭于自己的脆弱，终不能如鲁迅写在《求乞者》中的深刻透辟。似乎由比较早的"早年"起，我就惧怕面对贫困，在这方面，有适足以自虐的病态敏感与想象力，"过目不忘"且"念兹在兹"的记忆力——亦"不宜于生存"之一证的吧。幸而得书斋庇护，少却了许多"直面"的机会，然而一旦遭遇，仍不堪其苦，直欲逃入虚空。有时甚至会有冷酷的念头，想到那人何以还活着，而不寻求"解脱"？

日益衰惫，激情渐失，早已不像当年那样易于动情，但有些题目仍能令我激动。我自恨不能自欺，不能在偶尔瞥见时背转身去，不能麻痹自己，无论是"未来光明"的许诺，还是"必要代价"的名义——如此大量的贫困难道真的属于正常而不可避免的"历史过程"？

在经历了辛苦、麻木、通常无梦的中年，进入渐多怪梦的老年之时，我已久违了缤纷的梦想，甚至不惯使用"理想"一类字眼。"大同世界"尤其不是我此刻的梦，我宁愿相信那世界只在天国，那艘老人船所要飞往的天国。

在美国那位著名的马丁·路德·金之后，人们仍在使用他使用过的激动人心的题目——《我有一个梦》。只是在金的讲述之后，已难以再有同样精彩的讲述。但这仍然是一个好题目。尽管在这题目下，我做出的只能是如上的平庸文章，这文字是否会令读者失望？

关于"老年"的笔记

  人们以各种方式谈论或不谈论（不谈论也正是一种"谈论"）"老年"。你切不要以为，在礼仪之邦号称"尊老"的传统，有助于我们对"老年"的认知。事实恐怕恰恰相反，正是那传统，使这话题敏感而肤浅、道德化了。有趣的是，正是人生的这两端——老年与幼年，长期以来，成了我们认知中的"盲区"，使我们有关人的生命史的经验不但肤浅而且残缺不全。当然，对这两个人生季节的无知，根源不同。对幼儿，多少因了轻视及误解（如鲁迅所说，将其看作缩小了的成人）；对老人，则因有所不便，以至更深刻隐蔽的轻视。人们应当还记得，当十几年前禁忌渐开，文学小心翼翼地触到"早恋"这主题时，所引起的复杂反应；尽管早已有人指出，《红楼梦》大观园里的那一群，不过是少男少女。如果说"少年与性"，使人感到的是对纯洁的玷污，那么"老人与性"则是不折不扣的丑陋，它所冒渎的不仅是人的道德感情，更是美感。我相信年龄歧视与人类社会流行过且仍在流行的诸种歧视（如社会地位、财产、教育程度、职业、性别、容貌以至更具体的"身高"等等的歧视）同样古老，甚至更加普遍。

我们的社会已经在试着关注老人。所谓的"黄昏恋"曾一度被传媒热炒。养老、赡养一类话题也一再被谈论。可以预期将来的某一天，老人的消费能力也将为市场所青睐。但这并不意味着我们已有讨论"老年问题"的能力，甚至不能证明我们的讨论已经进入了老年"问题"。"老年生存"也如儿童，在各种谈论的场合，都被大大地简化了。

我早就对"尊老"的传统存着怀疑。拥有上述"传统"的社会，有过一句极透彻的话，"寿则多辱"，是极其经验而又智慧的。此"辱"应包括了他辱与自辱，两者都不难找出例子。而"辱"的最极端的例子，即应有现今都市街头越来越多的行乞老人。这景象在有关家庭伦理的诗意描述上，戳了一个补不住的窟窿。正是有关家庭伦理的诗意描述，使社会轻松地放弃了应为老人承担的义务，于是老人成为供奉在"发展"祭坛上的头一批牺牲。

进入"老年"这题目，我同时想到的，的确是上文所说人生的那另一端，即同为盲区的所谓"童真世界"。

或许有不少人，是由"文革"中发生在校园中的暴行，领略了少年乃至儿童的残忍性的——那些孩子在用铜扣宽皮带或其他刑具惩罚自己的老师或校工时，竟会表现出天真无邪的欢乐。他们甚至在折磨女教师时，显示了十足成人式的有关性的知识和猥亵趣味。我怕经历过这一切的人们，也像对那一时期的其他事件一样，轻易地归结为非正常时期发生的例外，而错失了洞察人性的机会。

幸而并非如此。"文革"之后，传媒开始报道、文学也开始讲述这类故事：一个孩子杀死了他的老师后，若无其事地排队买豆腐；一个女孩子杀死了外祖母，继续温习功课，甚至考了高分。这类叙说与"早恋"的故事一起，包含了对儿童的认识突破，却像是并未结出学术、理论的果子。不妨承认，这类描写至今仍然有风险性质，甚至不能如所谓"黄昏恋"那样被优容，"儿童与性""儿童—残忍"仍会被认为挑战了普遍的道德感情。

如果说无视儿童，是因将其认作缩小了的成人，那么对老人的轻蔑，就应当是将其看作"作废"了的成人。于是我们的视野中只余了经过诸种删除的"成人"。但"成人"又是什么？

对"老"有着潜在的轻蔑的民族，却又可能有诸种表达上的禁忌。

巴赫金提到冬宫收藏的出土于刻赤的著名陶器中，那几个怀孕老妇像，"它们以怪诞的形式强调了老妇丑陋的老态和怀孕状态"，尤其是，"这些怀孕的老妇还在笑"！（《〈弗郎索瓦·拉伯雷的创作与中世纪和文艺复兴时代的民间文化〉导言》，《巴赫金文论选》，中国社会科学出版社，1996）记得当读到这儿时，我简直听出了巴赫金的怪异与惊诧。我不大能想象我们的传统艺术中会有类似的东西，将"老"（至少看起来像是被"尊"之"老"）与"孕"（即"性"与"生殖"）合一；以其为材料的戏谑，岂止不庄重而已！这里所戏谑也即所亵渎的，不但有可敬的"老"，而且有所谓"神圣母性"！但我想，我们的民间也一定有将"老"与"丑""怪"叠合的造型艺术品，只不过不为经了士大夫净化的"传统"所容，将其弃置民间，令其自生自灭罢了。

同文中巴赫金分析欧洲中世纪民间诙谐文化所特有的"怪诞型人体观念"，以为其"基本倾向之一，简单说就是要在一个人体上表现两个人体：一个是生育和垂死的人体，一个是受孕、成胎和待分娩的人体。""……这种人体的年龄主要也是最接近于生或死的年龄：这就是婴儿与老年，特别强调这两者与母腹和坟墓，即出生处和归宿地的接近性。"而近代艺术所欲"复兴"的古典造型标准则相反，即"年龄要尽量远离母亲的怀抱和坟墓，亦即尽量远离个体生命的'门槛'。"我们的艺术源头不同，却像是有相似的禁忌，这本身是否就耐人寻味？

我们并不讳言老，由寿考到耄、耋……只是我们用了所谓的"敬"、"尊"将老年抽象化了。正是"尊"使我们坦然地放弃了对"老"的研究态度，给了真正的轻蔑以极道德的理由。而这民族发达的文字文化，又提供了太丰富的掩盖、逃避的技术，以便轻松地绕开人生的丑陋与严酷。

近年来一再有人对我的说"老"不以为然。但"老年"不只是年龄，它更是存在状态，是生命过程。我承认我的有意说"老"，部分原因是为了自我保护，以使自己能以较低的姿态，迎接严酷的生命季节。我的确为此做了过多的准备动作。这是我认为必要的，尽管未必适用于他人。我其实不知道我与那些不服老、讳言"老"者谁更软弱。

我曾拟过另一个题目——"体验老年"，终于放弃。但你或许承认，"体验"不失为一种好说法，它至少在所谓

"语感"上，将对象推远了。你的生命过程成了你的对象，你于是在其中又在其外，获得了类似旁观者的悠然从容。写作行为在我，也有类似的功能，即使用的是第一人称、主观视角，是自叙传。那段生命既是你的对象，你就像是摆脱了那种血肉相连之感。我相信，这也是文人生活的诱人处，是文人清贫的一份补偿。

我绝对无意于嘲弄"反抗衰老"一类英雄主义主题，毋宁说对这类主题怀着由衷的敬意。我只是觉得，我们往往在决定"反抗"之前，尚不曾真正"面对"，而面对或要有更大的勇气。当然"面对"也可能是另一种逃避——从逃避伤害、屈辱，直至逃避绝望。我们永远在逃避着什么，比如逃避反省，逃避激情，等等。逃避也构成了我们的存在方式。我们总是比我们所想象的软弱。

在生命丧失之前，老人所能经历的最严重的丧失，是丧失尊严。我坚持以行乞老人为这种"丧失"的象征，即使在一再有人考察了"丐帮"，发现了据说由老人参与的骗局之后。我确信上述社会调查（我绝对相信它的可靠性）很拯救了一些人的敏感的良心，但却少有人进一步追问，用了如此卑屈的姿势——那确实呈现于"姿势"，我在不止一处看到老妇叩首般伏在地上——"欺人"的老人付出了什么。

我曾在京城那条最宽的马路边上，见到一个瘦小的老人，土色家织布的上衣敞开，露出干瘦的胸。那是个秋阳明丽的午后，他坐在路牙子上，一脸陶醉的神情，向着路对面的巨厦和汽车站上衣着入时的男女。我猜想这老人刚由乡村流入，这城市的伟观令他惊愕莫名，以至暂时忘了他来这城市的目的。那随后而来的严冬呢？有谁愿意去尝试为了那点"骗局"，而在街头熬过漫长的冬夜的？

我甚至在这城市最繁华的地段之一，见过一个出走而露宿的本市老人，她总将一两袋由垃圾桶中拣出的东西放在身边，大约将其作为她想象中的家当，或为了证明她还在、还能做点什么，或者只为使自己相信她还有用。她并不向行人伸出手去，宁在垃圾桶中翻拣：到了这地步，她也仍以乞求为耻。

近年来在都市的地铁、地下通道看到的行乞老人，有不少一望可知是由乡村流入的，他们刚刚在练习乞讨的艺术。我看到一个老汉蹲在地铁阶梯上（那是北方农民典型的姿势），伸出手中的茶缸，却用破草帽的帽檐遮住脸，有谁看不出，这老人还在设法留住最后的一点尊严？

但尊严问题并不仅仅发生在上述场合。几乎可以认为，所谓"老年问题"就是尊严问题。

有关安乐死的讨论，有可能使中国人注意到所谓"尊严的死"这一陌生命题，从而扩大一点对"尊严"的理解。我们的"基本生存"问题太重大，以至将其他问题遮蔽了。而"尊严的死"所提示的则是，"尊严"有可能是较之简单的"活着"更"首位"的问题。

生命的发端自当由受精卵算起，而老年的起始甚至没有这样清晰可辨的标记。正如死，老之为过程，几乎可以认为与生同步。无论生理还是心理的衰退，都贯穿了生命的全程。因此你由文学中读到"苍老的儿童"时，不妨承认作家超乎常人的敏感，对生命过程的连续性的感知。

但仍然有关于"段落"的个人经验。"老"这一段落的起始甚至未必由皱纹与白发标记，其作为心理过程多半是在不觉间完成的。比如到你开始用调侃的口吻谈论"老"，且确有了谈论这话题的轻松平淡的心境，当你更乐于独处，感到热闹的场合的压迫，你其实入境已深了。如果你是文人，那么当你的阅读趣味变得挑剔，对分寸、限度有了更苛刻的要求，敏感且反感于"煽情"，不再能欣赏他人表达态度与方式的夸张（而你曾以之为率真、热情的），你在心理上或许早已老了。作为表征的当然不止这些。当有一天，你的爱憎均已不再刻骨铭心，你突然变得冷静而大度，你开始对一切"照顾"（即"抚慰"）变得敏感，甚至对褒奖也心存疑虑，生怕其中有为弱者（女性、老人；或这双重意义上的弱者）特设的标准，你开始留心自己是否会成为"负担"，会否"妨碍"了什么，你认定"不自取辱"端在限制活动范围——到这种时候，你不但可以确信你真的老了，而且事实上已接受了社会出于关怀也出于轻视为"老"做出的安排——即使你仍然强健，你的肤色依旧光润。你的问题很可能在于对此全无准备，你还不曾准备好去体味"命运"呈示于这一生命段落的全部严峻意味。

有关年龄的、经验的严重性——诸种粉饰、掩盖、逃避无不在透露这消息。每一个生命季节都有其美好，这说法并无不妥。但每一生命季节都呈露出生命特有的缺陷，这也是真的。而与"死"相邻的"老"，毕竟将那诸种缺陷，在无可掩饰的状态中呈现了。

或也因了"老年"这题目，阅读中别有了一种敏感。近一时读明人文集，就注意到除叹老嗟贫的陈词滥调外，难得有稍具深度的"老年经验"，因而也以为《霜红龛集》

里为周作人欣赏过的那段话确有点味道，觉得晚年的傅山，见识之明通，有人所不能及处。傅山说"老人与少时心情绝不相同，除了读书静坐如何过得日子。极知此是暮气，然随缘随尽，听其自然，若更勉强向世味上浓一番，恐添一层罪过。"（卷三十六《杂记一》）这"随缘随尽"不也是率性？周作人《风雨谈·老年》说青主的所谓"暮气"由兼通儒释的"通达"中出——这意思我喜欢。但这样说，又等于承认了自己正如上文所说，接受了"社会"出于复杂动机的提示与安排。那种提示的背后，积蓄了太大的力量，以至你难以抗拒。

后来读与傅山大致同时的唐甄，也注意到他的说老。《潜书》上篇上《七十》曰："血气方壮，五欲与之俱壮；血气既衰，五欲与之俱衰。久于富贵，则心餍足；劳于富贵，则思休息。且以来日不长，心归于寂。不伤位失，以身先位亡也；不忧财匮，以身先财散也。贫贱之士，亦视之若浮云而非我有。此六十七十之候也。"其结论自然是乐观的："是故老而学成"。但说"老"易于近道，是否又乐观得肤浅？较之青主，倒是唐甄未能免俗的吧。

感觉纤敏的仍然更是诗人，李清照的那句"不如向帘儿底下，听人笑语"，最切老人尤其老妇人的心境。你应当承认书写这类屈辱的人生经验，是需要一点力量的。甚至不妨认为生命的力度也显现在这种地方。

　　遗憾的是对"老年"的兴趣来得太迟，想必已漏过了太多有趣的经验与表述。

　　近来读王夫之，想到了明初的解缙。解缙在明代，是被认为有几分"狂"的人物。据说朱元璋曾欲"老其才"，用的是"大器晚成"的名义。储才而使"老"，亦"才"之不幸，但这是现代人的眼界。要体会朱元璋的用心，却又不能太相信了古代中国有关"老"的价值表述，还要计及朝廷政治有关"人才"的特殊要求，尤其如明太祖这样"雄猜"的人主。毛头小子从来被认为与"可靠性"无缘。至于解缙其人，是终于被处死了的，那死法残忍且合于"科学"——使其人醉，然后埋积雪中。不妨认为，这种死法倒合了其人的名士身份。我们的祖宗即置人于死，也能如此别出心裁！到200年后的清初，王夫之却还在其《周易内传》释"井"一卦时，由井水的"不即汲用"，说"养才者务老其才，使洁清而慎密，作人之所以需寿考也。"（卷三下，《船山全书》第1册，岳麓书社）